诗韵校园

周文彰 著

国家行政学院校园诗

北京
国家行政学院出版社

自　序

这些都是我在国家行政学院校园里写的诗。

其实，我在这座校园里写的诗远不止这些，这里汇集的只是写校园的诗——写校园景观、校园人物、校园散步及校园师生的诗。

（一）

我与这座校园的缘分发端于1994年。当时我被国家经济体制改革委员会从海南省政府社会经济发展研究中心借调来京工作，恰值孩子面临"小升初"，因此，我想把"借调"变成"调到"。当我得知刚刚成立的国家行政学院需要人时，便独自一人来到这块还不成校园的工地看过，接着请一位朋友代为转呈了我想调来任教的申请材料。可惜，没有回音。1995年年初我回到了海南。

2008年9月2日，我成为国家行政学院第四期省部级领导干部英语强化班学员并担任班长，在校园里学习和生活了三个半月。这是我第一次走进这座校园。可惜，还是可惜，我没有留下一首诗——我那时不写诗。

真没有想到，几个月后，即2009年4月7日，我来到这座校园报到上班了。8年来，我不仅在校园里工作，也在校园里生活，还参与了校园的建设——分管校园文化建设。

我深爱这座校园。她，布局合理，建筑大气，色彩庄重，绿树成荫，每年有好几个月都能行走在盛开的鲜花之中，自然风光和人文气息相互辉映，可以说是小巧精致。凡是来过这座校园的人，都对她的别具一格赞不绝口。

（二）

我写校园的第一首诗是《校园散步》，时间是2012年8月24日；第一首词是《风光好·美丽春天笔会》，时间是2013年5月4日。收入本书的校园诗词共136首。我能有时间写诗，归功于散步。

我每天都散步，无论酷暑还是寒冬，无论居家还是外出，自2013年11月退出学院领导岗位以来，一年365天从未间断。只要不外出，每日三餐后总是在校园里快走。

散步需要时间，少则半小时，长则一小时。此时，什么也不干，就是走、走、走。

我想，能不能把散步的时间用起来，做点什么，不至于让它就这么"走"失？于是，散步时我听过英语，欣赏过音乐，也思考过问题。爱上诗歌之后，我便写绝句，偶尔写点律诗和词。

散步时总有见闻，云天风雨雪、花鸟草木石、楼堂馆廊人……我把所见所闻作为绝句题材，就有了"散步见闻绝句系列"——我在电脑里这么为诗集命名。

我写绝句的一般过程是：散步路上，先物色题材；接着，抓住题材特征的关键字或词，确定韵字，确定放在第几句，确定平起还是仄起；然后，构思出起承转合四句的大致内容；然后，打开手机中的《平水韵表》，在同韵字中寻找其他合适的韵字，打腹稿敲定每一句；最后，把腹稿录在手机里。录入时，有时骤停于路中，有时坐在路沿上、台阶上、凳子上。总有人跟我打招呼："玩手机呐？"我说："写诗哩！"

定稿后，打开"诗词吾爱"或"诗词云"移动网，进行格律检测。自从用上了移动《平水韵表》和诗词格律检测，平仄押韵等方面的格律错误基本消失。

写诗的同时，还有一件事必做，那就是给诗词所描写的对象拍几张照片。本书中诗词配的照片，多数是当时拍的，有些是汇集时补拍的，为的是展示校园景色，也为了给读者理解诗文提供画面注释。

（三）

我不是诗人，54岁以前没有写过一首诗，2005年开始偶尔写诗,写诗经常化只是2011年以来的事。

我没有诗情,天生缺乏触景生诗那样一种激情和冲动。我写诗出于自我强迫,不逼着自己,不存心写诗,就没有诗。

我没有诗才,不是兴致所致、张口成诗的料。我写诗要慢慢酝酿、构思,几分钟、十几分钟出一首绝句,只有偶尔几次,多数绝句需要半个到个把小时。

不难看出,诗人写诗一般是激情驱动,我写诗是理性驱动;诗人写诗以形象思维和意象思维为主,我写诗以抽象思维和逻辑思维为主;诗人的诗是情感流露、浪漫自然,我的诗即使有情感浪漫,也是理性的描述或构思而成。从日常思维转向诗性思维,我还有很长的路要走。

我能有时间写诗,得益于散步;我能养成写诗的爱好,归功于书法;我能学书法,起因于宣传文化工作的领导岗位。

2002年9月,我开始担任中共海南省委常委、宣传部长,工作中不会写毛笔字而遭遇的几次尴尬,使我下决心学习书法。进入书法领域之后,书法界倡导写自作诗,嘲笑不会写诗而只是抄写唐诗宋词的书法家为"文抄公",又促使我尝试写诗。写诗是需要时间的,我就利用参观考察的时间来写。自从不当领导干部、有可能把一日三餐之后定为散步时间,这四年多来,散步就成了我固定的写诗时间。

散步写诗既写看到的，也写想到的。比如许多节庆祝贺诗、亲情思念诗、交往应景诗、书法感悟诗等，都是在校园散步中写成的。鉴于这些内容与校园无关，就没有收入这本集子。

(四)

2014年5月，中华书局出版了《周文彰诗词选》，共收录了我174首诗和词，截至2013年8月13日。这是我第一本诗集，也是迄今唯一的一本诗集。

从那时到现在（截至2018年10月底），我又积有诗词800多首，仅2016年就写了200首。诗多了，就可以按专题辑录，而微信则提供了随时可以发表交流的平台。因此，"瀑布诗""古镇诗""乡愁诗""咏师诗""过年诗"等依次在微信朋友圈中传递，"哈密行吟""伊犁行吟""镇江行吟""丁酉春节行吟"等也随着行程的结束而上了"观心艺术""国学网""诗词云"网及其微信公众号。

写诗有什么用处？我曾经这样概括：一曰记事，二曰抒情，三曰言志。写诗的好处是什么呢？也能总结出几条。比如，完善自我、服务他人、丰富交往、弘扬传统、繁荣文化等。其实，对于我个人，简单来说，写诗就是生活，即丰富生活、记录生活。因为写诗,每天有事做,经历有痕迹。比如,无论外出到哪里,都不会心不在焉,都不会闲着,都会带一首至数首诗回来。比如,小孙女一周岁生日,我送她一本画册:28 首写她成长过程的诗、28 组她当天的照片、28 幅我抄这些诗的书法作品照片;到她两周岁生日时,28 首变成 40 首了。

所以,摆在读者面前的这些诗,只是记录我的校园生活,反映我对校园的观察感受而已,故曰"诗韵校园"。

2017 年 2 月 16 日星期四初稿
2018 年 10 月 3 日星期三定稿
于国家行政学院寓所

目 录

第一部 满园艳丽自藏芳⋯ 001
主楼⋯⋯⋯⋯⋯⋯⋯⋯⋯ 002
院徽⋯⋯⋯⋯⋯⋯⋯⋯⋯ 004
院标石⋯⋯⋯⋯⋯⋯⋯⋯ 006
"学无止境"石⋯⋯⋯⋯⋯ 008
游泳馆⋯⋯⋯⋯⋯⋯⋯⋯ 010
学员公寓⋯⋯⋯⋯⋯⋯⋯ 012
幽径⋯⋯⋯⋯⋯⋯⋯⋯⋯ 014
紫藤长廊⋯⋯⋯⋯⋯⋯⋯ 016
飞鸟⋯⋯⋯⋯⋯⋯⋯⋯⋯ 018
门前小树林⋯⋯⋯⋯⋯⋯ 020
割草机⋯⋯⋯⋯⋯⋯⋯⋯ 022
垂柳⋯⋯⋯⋯⋯⋯⋯⋯⋯ 024
菊花带⋯⋯⋯⋯⋯⋯⋯⋯ 026
怎么办⋯⋯⋯⋯⋯⋯⋯⋯ 028
紫藤长廊绿道⋯⋯⋯⋯⋯ 030
隆冬碧桃树⋯⋯⋯⋯⋯⋯ 032
碧桃树的生命力⋯⋯⋯⋯ 034
春花⋯⋯⋯⋯⋯⋯⋯⋯⋯ 036
花好何需绿叶扶⋯⋯⋯⋯ 038
碧桃结桃⋯⋯⋯⋯⋯⋯⋯ 040
如梦令·立春⋯⋯⋯⋯⋯ 042
京城春迟⋯⋯⋯⋯⋯⋯⋯ 044
怜花惜草⋯⋯⋯⋯⋯⋯⋯ 046
丁香⋯⋯⋯⋯⋯⋯⋯⋯⋯ 048
雨后⋯⋯⋯⋯⋯⋯⋯⋯⋯ 050
金针菜花⋯⋯⋯⋯⋯⋯⋯ 052
雨润似江南⋯⋯⋯⋯⋯⋯ 054
好时光·共同家园⋯⋯⋯ 056
拐角上的树⋯⋯⋯⋯⋯⋯ 058
交响⋯⋯⋯⋯⋯⋯⋯⋯⋯ 060
松树⋯⋯⋯⋯⋯⋯⋯⋯⋯ 062
雨景⋯⋯⋯⋯⋯⋯⋯⋯⋯ 064
森林校园⋯⋯⋯⋯⋯⋯⋯ 066
白蝴蝶⋯⋯⋯⋯⋯⋯⋯⋯ 068
国庆秋景⋯⋯⋯⋯⋯⋯⋯ 070
晚秋的早晨⋯⋯⋯⋯⋯⋯ 072
寒冬翠竹⋯⋯⋯⋯⋯⋯⋯ 074
果园冬景⋯⋯⋯⋯⋯⋯⋯ 076
柳树叶⋯⋯⋯⋯⋯⋯⋯⋯ 078
冬日山杏⋯⋯⋯⋯⋯⋯⋯ 080
喜鹊⋯⋯⋯⋯⋯⋯⋯⋯⋯ 082
雨后校园⋯⋯⋯⋯⋯⋯⋯ 084
清净夏晚⋯⋯⋯⋯⋯⋯⋯ 086

第一粒种子 ……………… 088
护树 ……………………… 090
院徽啊，院徽（一）…… 092
院徽啊，院徽（二）…… 094

第二部 这般执着是何人 … 097
园丁 ……………………… 098
面如阳光 ………………… 100
为何没来？……………… 102
她是谁？………………… 104
同事 ……………………… 106
风雪武警 ………………… 108
人挪活 …………………… 110
五年勤勉 ………………… 112
进园五年记 ……………… 114
我的 2014 ………………… 116
敬鲁夫妇 ………………… 118
菲尔斯院长 ……………… 120
喜树成材 ………………… 122
摄影"高手"（一）……… 124
摄影"高手"（二）……… 126
向劳动者致敬 …………… 128
说诗 ……………………… 130
游泳的感慨（二首）…… 132

第三部 任余散步伴诗吟 … 135
痴情 ……………………… 136
步连五洲 ………………… 138
谈笑同行 ………………… 140
邀月常驻 ………………… 142
独步寒冬 ………………… 144
期盼与失望（二首）…… 146
餐厅散步 ………………… 148
恋旧的雾霾 ……………… 150
秋雨送凉 ………………… 152
亦喜亦忧 ………………… 154
雪园 ……………………… 156
雪夜路难行 ……………… 158
路满惊奇 ………………… 160
宁可风吹冷 ……………… 162
冬夜独步 ………………… 164
甜蜜的苦寒 ……………… 166
月寒身热 ………………… 168
亦冷亦热 ………………… 170
享受春雨 ………………… 172
宁静校园 ………………… 174
夜步漫忆 ………………… 176
大雨中散步 ……………… 178
秋老虎 …………………… 180

想起嫦娥玉兔	182
相思	184
望虹遐想	186
打破幽静的诗声	188
享受秋雨	190
先夏后冬共一天	192
垂死的雾霾	194
妖霾拜年	196
雪中独步	198
日月同辉	200
惬意春光	202
趣行	204

第四部 不愧加身博士袍 207

苦读博士	208
苦寒梅香	210
扬鞭	212
登攀	214
进取	216
勤勉	218
第一筵	220
不甘	222
远行	224
顽强	226
苦思	228
成功	230
校园独一课	232
欣慰	234
同学	236
伴《小苹果》节拍散步	238
误站	240
调研	242
落汤鸡	244
释怀	246
凤子	248
动力	250
金鸡子菌	252
贺张薇为母	254
贺丁洁升格为母亲	256
贺上达出生	258
旅途（二首）	260
好学	262
感恩	264
走出	266
为登良点赞	268
用好机遇	270
读晓佳诗感慨而和之	272

后记 274

第一部 满园艳丽自藏芳

校园散步,首先碰到的是路、树、花、草、竹、鸟、楼、石等事物,以及春夏秋冬、风霜雨雪构成的校园景色,我统称这两者为"景物"。

国家行政学院校园里的景物,自有特色,从审美的角度看,就是一个字:美!所以,我以我的诗句作为这一部分的标题——满园艳丽自藏芳。芳,既是芳香,又是美景。

诗韵校园 — 国家行政学院校园诗

主 楼

一塔流丹灿若星，
群楼焕彩映天庭。
公形不语藏深意，
岂是皇朝顶戴翎。
（2015年8月27日）

国家行政学院主楼高9层，正中塔顶是深红色的三棱形，常被人联想到清代官帽的顶戴花翎。大概是2010年春节前夕，我代表学院去慰问学院筹建人之一、学院原副院长张镜源同志，他告诉我，三棱形象征公务员的"公"字，红色象征"熔炉"，寓意这是培训公务员的学府，由汽车烤漆制作而成，故能长久保鲜。我才恍然大悟。真是独具匠心！主楼设计图是经时任中共中央总书记江泽民同志审定的。

院 徽

彩光煜煜照芳菲,
红底金星嵌国威。
晚看书山宁静影,
朝迎疾步主人归。
(2015年10月4日)

晚饭后散步,数度在学院主楼前转圈,从不同角度欣赏高挂在主楼正面大门上方的院徽。

院徽是由香港和澳门特别行政区区徽设计者、北方工业大学二级教授肖红设计,经全院教职工层层投票,从19个备选方案中筛选出来的。深色的中国红和五颗五角星象征"国家",院徽采用公章般的圆形象征"行政",居于院徽中间的学院主楼图案象征"学院"。曾经为天安门、大会堂、中南海制作国徽的北京金属工艺品厂有限公司应邀制作了3款院徽。报告厅主席台正面墙上悬挂的是一款直径为1.5米的高密度板金箔院徽。2009年9月2日,学院领导在秋季开学典礼上为摆放在主席台右前方的院徽揭幕,标志着院徽正式启用。当晚,这块直径1.8米的全铜院徽被安放在主楼南门的门楣上方。不久,主楼北侧门楣上方又安置了一款直径2.1米的全铜院徽。

作为曾为院徽的诞生操过心的人,每当我看到院徽在阳光和灯光的映照下金光灿灿,熠熠生辉,心中就有说不出的高兴。

院标石

一尊卧像望天遨，
又似云梯拾步高。
何以纷来留倩影？
只缘此苑李和桃。
（2015年8月11日）

为找到一块适合校园环境的石头，2009年6月至8月，学院办公厅、机关服务中心、学院文化建设委员会办公室的领导和相关同志四下京郊房山，从石料场千百块石材中精心挑选了一批石材，拍成照片带回学院研究、筛选、编号，从中选出5款最佳石材，用电脑绘制学院LOGO效果图进行比较，最后，我去石料场选中了这块质地为河南玉、色泽为"晚霞红"、面积为630 cm×280 cm的石材。2010年9月1日，即学院秋季开学前夜，院标石被安放在学院东门花坛正前方，此后又在背面镌刻了学院简介，简介由著名书法家王学岭用楷体书写。院标石已成为学院的标志景点之一，教职工学员都愿意在院标石前拍照留念。

"学无止境"石

学无止境气遒雄,
枝叶关情意蕴丰。
一瞥胸中澎湃起,
决心暗下欲腾空。
（2015年7月24日）

校园散步，流连忘返于学员食堂北侧的文化石，石上正面镌刻着米芾集字"学无止境"，背面则是我用草体书写的郑板桥诗："衙斋卧听萧萧竹，疑是民间疾苦声。些小吾曹州县吏，一枝一叶总关情。"

这块石头是与院标石一块进入校园的。院标石价格原已谈定为6万元人民币，可是当我去石料场拍板决定购买时，石料场老板却反悔了，改要7万元，少一分不卖——真是关键时刻拿我们一把。我急中生智说："可以！但要送我一块！"我用右手指了指这块石头。老板急了："那怎么行？单买3万元呢！"我斩钉截铁地说："生意想成就是如此！不然，我们走了！"说完，我扭头就走，大家也跟着我作离开状。结果老板让步成交。

游泳馆

银灰立面椭圆形,
貌似车厢永久停。
绿色环镶多静雅,
池中击水不安宁。

(2016年11月28日)

游泳馆为港澳培训中心建筑设施的一部分，外观造型别致，像一节椭圆形火车车厢，底座以绿植环绕。白天，行人从外边看不见泳池，泳池里的人却能透过通体玻璃墙欣赏馆外景色。

学员公寓

学习时分不见生，
但留几净玉窗明。
凝神课室听情理，
书桌灯前苦读声。
（2016年11月28日）

与大学校园路上熙熙攘攘的人流相比，国家行政学院校园除了上下课时间外，路上几乎看不见多少人。学员每人一个单间，课余时间学习都可以在学员公寓各自的房间内进行。

幽 径

弯曲如蚯蚓,
斑斓似小蚣。
清晨闻履响,
薄暮雅情浓。
(2012年8月25日)

校园有一条雅静的小路，蜿蜒曲折，如同蚯蚓。路面铺着色彩斑斓的地砖，又似蜈蚣。路被密林覆盖，富有曲径通幽的意境。但这个路面因2012年校园道路重修而消失了。

紫藤长廊

华灯邀月筑光墙，
拱顶幽明赛殿堂。
结伴穿行犹入梦：
婚纱飘逸在身旁。
（2015年1月30日）

学院道路，多为绿树包裹。其中一段，刻意修为步行道。道路两旁西式圆柱列阵，圆柱之上嵌着拱形铁架，藤蔓覆盖，伸展开去，犹如景深雅致的屋顶。入夜，四周幽暗，唯有长廊灯光通亮，与门下学生散步穿行，犹如在厅堂之中。学生之一鲁彦平突发感慨：在此举办婚礼，一定别有洞天。今晚，我和他单独散步于此。尽管寒冬摧毁了绿色，我们反复穿行其间，体味想象，乃得四句。

飞 鸟

油肥草上点头频，
成对摩肩觅食亲。
何故惊飞奔树杈？
花裙风捲惹青茵。
（2014年6月22日）

散步于校园,看到鸟儿在树荫下的草地上忽而点头觅食,忽而扑腾飞起,萌发诗情。我把散步写诗明确为"散步绝句系列"是从这首诗开始的。

诗韵校园——国家行政学院校园诗

门前小树林

千株竞立密成林,
百冠连绵筑绿荫。
夜饮尘霾晴蔽日,
任余散步伴诗吟。

(2014年6月24日,新韵)

校园占地面积225亩，1996年建成并投入使用。经过全院教职工接力般的持续努力，整个校园成了树林和花园。校园以高高的铁栅栏分隔为职工宿舍区和办公教学区。我的寓所紧挨办公教学区，站在朝北的窗口看校园，满眼绿树花草。我把这一片称作"门前小树林"。

割草机

轻推缓走似童车,
割草修容不坐娃。
一趟一张长绿毯,
梦回麦地滚奔爬。
(2014年6月26日)

在校园散步,看到工人们推着割草机修剪草坪,修剪后的草坪碧绿平坦,线条一浪一浪,让我联想起小时候老家初春绿油油的麦地及孩子们摸爬滚打的情景。

垂 柳

万绦垂挂茎修长,
一任春风剪绿装。
若谷虚怀容万物,
花居冠下自来香。
(2014年6月27日)

在校园散步，我总爱在紫藤长廊南侧的垂柳下转悠。这批垂柳高大粗壮，枝繁叶茂，整整齐齐分列两排，东西走向。巨大的树冠下，春天盛开二月兰，秋天铺满金灿灿的菊花，成为校园最让人陶醉的景致。

菊花带

惊是银河落树丛，
金黄成带贯西东。
繁花妆衬新秋艳，
大美情怀对碧空。
（2016年8月24日）

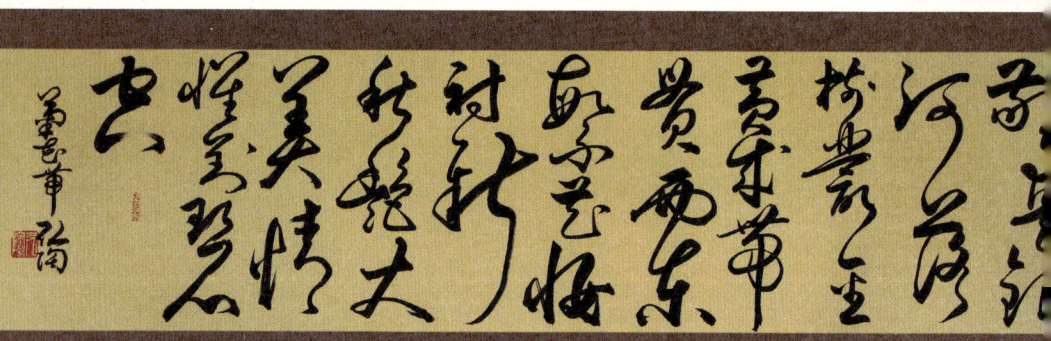

校园菊花带平行于紫藤长廊，东西走向布局，盛开于垂柳林下，远看似浩渺银河，近看一个个金黄的花朵昂首向上，直指蔚蓝的天空，煞是壮观漂亮。

怎么办

电锯吱吱响,
枝头落地时。
荫凉随冠去,
岂不晒焦皮?

(2015年6月13日)

在校园散步时,看到园丁们正在修剪高大的垂柳群。树杈枝叶全部锯掉,每棵树只留下一杆树桩。之所以修剪,据说是因为树高易折,怕万一落地伤人。可惜,林荫大道也随之消失,今后的日子怎么过啊!

诗韵校园——国家行政学院校园诗

紫藤长廊绿道

残柳光天叶,
骄阳似火烧。
长廊藤蔓顶,
绿道自逍遥。
(2015 年 8 月 22 日)

庞大的垂柳树冠被锯掉之后,原被浓荫覆盖的小路完全暴露在骄阳炙烤之下。幸运的是,紫藤长廊渐渐有了阴凉,成了别具特色的绿道。

诗韵校园—国家行政学院校园诗

隆冬碧桃树

叶落枝雄劲,
赤条缀嫩芽。
非经寒冷浴,
哪得艳桃花?
(2015年12月31日)

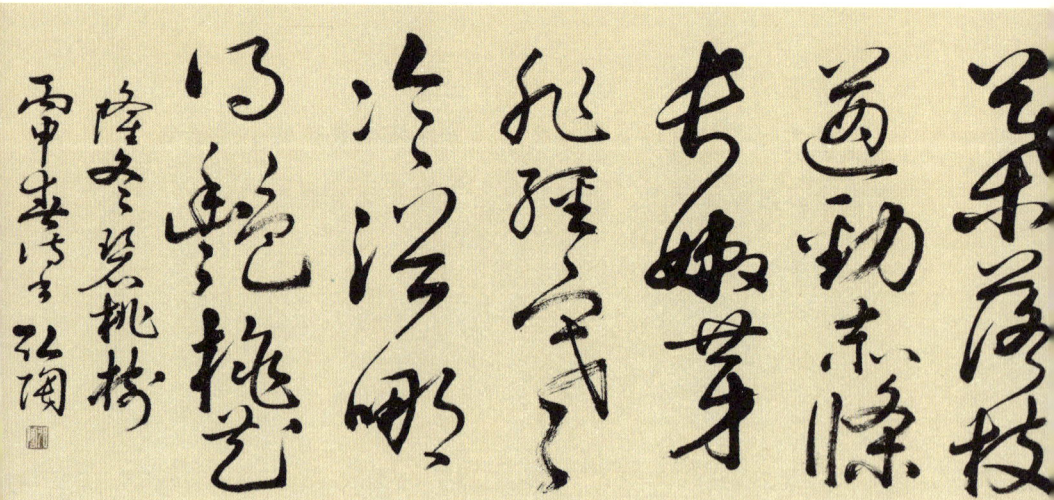

在校园散步，看到碧桃在寒冬中的勃勃生机，想到明天就是新年，不久就是桃花盛开的春天，感慨良多而成此诗。2016年元旦前夜，我用这首诗给朋友们拜年，邀大家一起过好这积蓄能量的冬月，迎接那绽放生机的春天。

碧桃树的生命力

万树寒冬歇,

桃枝发嫩芽。

微惊呼气白,

竟有逆天葩。

(2016年1月1日)

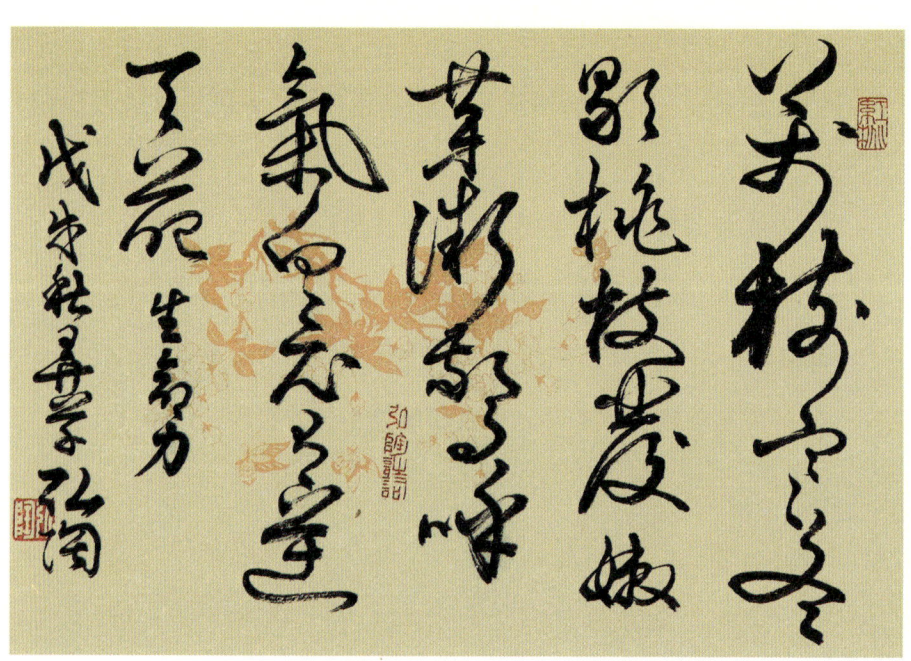

今日是元旦，在校园散步，看到碧桃树枝芽，惊奇得我呼吸加速，在天寒地冻中冲出一股白色的气流。我立即拍下照片，配上这首诗，制成祝福微信，祝朋友们新的一年更加充满青春活力！

春 花

五色梅开绿柳垂,
红黄白紫点春眉。
碧桃树上花难觅,
掩面迟来尔等谁?
(2015 年 3 月 22 日)

下午在校园散步,看到迎春花、玉兰花、梅花等花开斗艳,而碧桃树上竟然花无一朵。

诗韵校园——国家行政学院校园诗

花好何需绿叶扶

归来转眼看园桃，
满冠嫣红缀锦袍。
花好何须凭绿叶，
孤芳一帜领风骚。

（2015年4月1日）

10天前即3月22日,我曾有诗曰:"五色梅开绿柳垂,红黄白紫点春眉。碧桃树上花难觅,掩面迟来尔等谁?"3月23日,我参加全国政协调研组赴广西、四川调研,今天返京,晚饭后与学生们一起散步专看碧桃。一周不见,嫣红的桃花竟然满满盛开在光溜溜的树冠枝干上,而不见一片绿叶,看上去恰如把园中各种树和花组合而成的背景,点缀得像华贵的锦袍,美不胜收,让我感到十分惊艳。

碧桃结桃

昔时粉瓣笑枝头,
疏叶翩然变密稠。
花蕾无踪何处去?
青桃一树躲清幽。
(2014年7月24日)

在校园散步,发现碧桃树上花瓣没了,茂密的绿叶覆盖着一只只桃子,十分喜人。

上述五首描写碧桃树的诗,时间纵跨 2014 年到 2016 年三个年头。我没有按年代排序,而是按碧桃树萌芽—开花—结桃的顺序编排的。

如梦令·立春

腊月半时春到,
大喜林中群鸟。
觅食冷冬难,
日丽风和当好。
知足,知足,
尝果品虫及早。
(2015年2月4日)

2015年2月4日立春,农历才腊月十六,离春节还有半个月。这么早就进入春天,人高兴,鸟也欢喜,便有了此小令。而两年后的2017年,2月3日立春,农历已经是正月初七了,故我诗曰"春节迎春",因是在江苏盱眙沃阁泗州酒店写的,故以"沃阁泗州"四字藏头:沃土湖分水纵横,阁端小鸟望鱼鸣。泗流方晓年寒冷,州壤迎春爆竹声。

京城春迟

春风早已绿江南，
北国苍黄遍野干。
虽有青芽爬岸柳，
时光不意去冬寒。
（2015年3月13日）

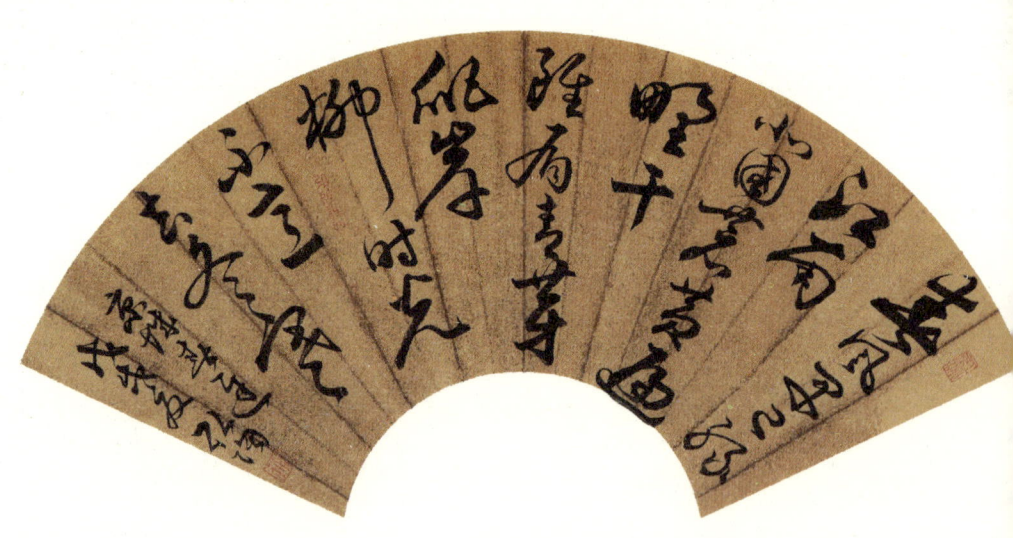

虽然已经立春，但春色姗姗来迟，而且依然有冬寒之感。

立春节气是从天文上来划分的。在气象学中，春季是指候（5天为一候）平均气温10℃至22℃的时段。实际上，2月上旬，真正进入春季的只有华南。立春后，东亚南支西风急流开始减弱，隆冬气候快要结束，但北支西风急流强度和位置基本没有变化，蒙古冷高压和阿留申低压仍然比较强大，大风降温仍是盛行的主要天气。但在强冷空气影响的间隙期，偏南风频数增加，并伴有明显的气温回升过程。

诗韵校园——国家行政学院校园诗

怜花惜草

乍暖春寒至，
冬衣复裹肩。
花柔芽草嫩，
顿起一丝怜。
（2015年4月4日）

前几天有过春暖花开的感觉,今天春寒来袭。人倒好办,可稚嫩的花草怎么办呢?我悄然生起怜悯之心。

诗韵校园——国家行政学院校园诗

丁 香

幽风十里醉青山,
情客生香翠绿间。
每经花前深吸气,
素心缓步享馨颜。
(2015年4月12日)

今天是周日,下午我和博士生们交流研讨"怎样有效读书",晚饭后在校园散步。来自中国人民大学哲学院的刘夏阳、张时坤特意加盟,连同本院博士生胡登良、岳凤兰、鲁彦平,队伍大了,情趣浓了。于是,这晚,丁香更美更香了。情客,丁香的别名。

雨 后

径曲清香溢,
花妍叶更鲜。
碟飞双比翼,
嬉戏碰胸前。
(2015年5月2日)

中午在校园散步,天朗气清,阳光灿烂,蝴蝶在花丛中起起落落,一派天人合一的和谐景象。而昨晚整个校园还笼罩在蒙蒙细雨中,我和博士生们只好到主楼四层散步。

金针菜花

满园艳丽自藏芳,
散尽繁花始亮妆。
昂首朝天怀傲气,
平添绿海一枝黄。
(2015年6月13日)

在校园散步,曾经百花斗艳的风光不再,满眼都是雨后醉人的绿色。唯有金针菜花顶着喇叭一般的黄花朝天绽放,形成引人注目的孤芳景致。

雨润似江南

好雨知时沐旱园,
桃兰滴翠艳花萱。
湮湮水气生烟柳,
堪比江南不待言。
(2015年6月26日)

昨天还是与霾相伴的校园，清晨下起了毛毛细雨，我撑着小伞在花草树木丛中散步，满眼苍翠薄烟，满口湿润清新，宛如置身于春色江南。花萱，金针菜花，黄色。

好时光·共同家园

雨过骄阳如火，
幽草静、树婆娑。
荫绿诱人人入处，
横蹲一对鹅。

莫问何巧遇，
避酷暑、躲蒸锅。
彼此相窥觑，
共享一凉窝。

（2013 年 7 月 16 日）

盛夏酷热，我在校园散步，想象而作。

拐角上的树

远看沿边树,

形如巨伞开。

遮阳防炙烤,

舒适自然来。

(2016年7月19日)

在校园散步,三岔路口拐角的这棵树,激发了我的诗情。这些年,我利用讲课、讲座、报告会、中心组学习会等各种机会,提醒各级领导改变时下盛行的"只求好看,不求实用"的绿化追求和"有绿无荫"的绿化结果。绝大多数三岔路口或十字叉路口不见树,结果形成大面积的阳光暴晒。这棵树栽得好,也印证了我的绿化理念。

交 响

鹊喜欢声叫,
园丁席地聊。
何来轻乐美,
剑舞尽妖娆。
(2014年7月22日)

松 树

可贵不唯春夏青,
终年叶茂寿千龄。
平川峻岭迎风雪,
傲骨谦容藐震霆。
(2014年8月3日)

校园里有不少松树，一年四季一身绿色，无论酷暑严寒都是如此，令人钦佩。震霆，即霹雳、轰雷。

雨 景

推窗大喜雨潇潇,
天赐甘霖遍地浇。
叶吐氤氲枝滴翠,
烟花三月半年遥。
(2016年8月18日)

一早，有朋友在微信群里感叹：卧闻窗外落珠雨，恍然已是半月秋。好诗意的句子，让我一跃而起，推窗赏雨，并写下此诗。比起老家扬州的烟花三月，这雨景晚了近半年。

森林校园

举目寻红顶,
苍苍不见楼。
林深藏万物,
寥落鸟吟秋。
(2015年8月23日)

红顶，即学院主楼的"公"字形深红尖顶。

白蝴蝶

翩翩雪瓣恋花丛，
曼舞轻歌未见嗡。
欲落将飞飘不定，
出双入对秀贞忠。
（2016年8月23日）

查资料才知道,两只蝴蝶忽上忽下、忽落忽飞,并非恩爱,而有可能是雄蝶在追爱,雌蝶在逃避。

国庆秋景

桂叶飘摇落草坪，
风吹树摆发沙声。
花园虽冷青如故，
更喜蓝天日月明。
（2015年10月1日）

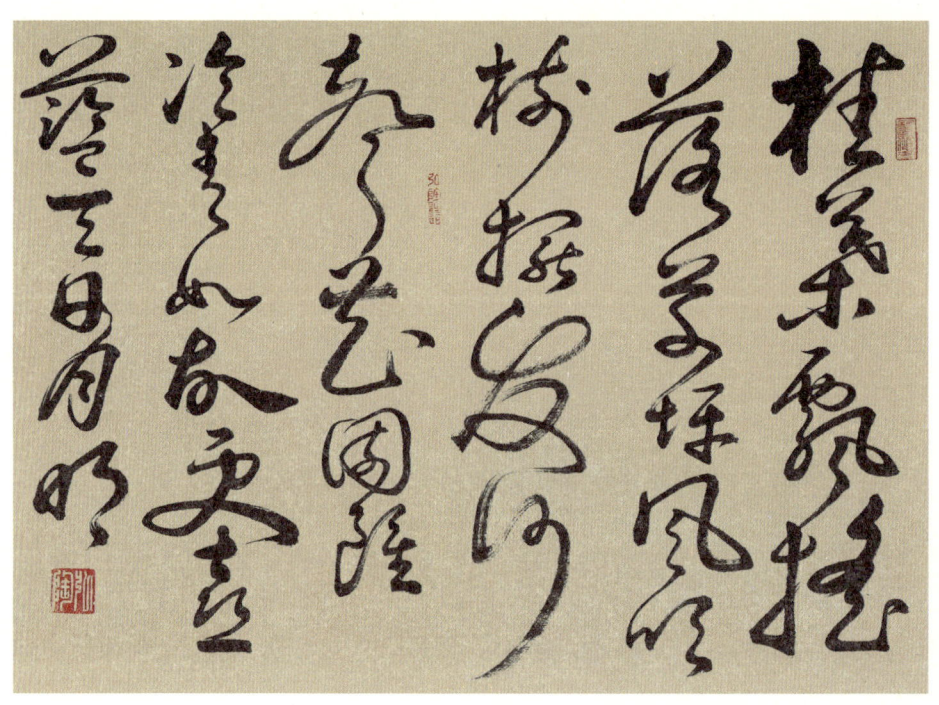

早饭后在校园散步,秋风吹拂,树叶沙沙作响,穿着长袖T恤也还有些许凉意。太阳高照,月亮居然挂在西边天空清晰可见,真可谓日月同辉,共庆国庆佳节。这首诗恰好是我第二个"散步见闻绝句百首"的开始。

晚秋的早晨

野草枯黄秋欲尽,
园人割扫地清平。
成群雀鸟齐飞落,
觅食卿卿诉有情。
（2016年10月18日）

寒冬翠竹

遍野枯黄竹独青,
枝遒叶健傲园町。
天寒锻性凝风骨,
地冻强身塑体型。
(2016年1月18日)

竹品种繁多，枝杆挺拔修长，四季青翠，凌霜傲雨，备受人们喜爱，与梅、兰、菊并称为四君子，与梅、松并称为岁寒三友。古今文人墨客，爱竹咏竹者众多。校园里竹子虽然不多，但却是构成学院绿化景致不可或缺的部分。

果园冬景

朔风卷叶露金黄,
硕柿压枝果味香。
翠竹颜开轻比试,
几多珠玉缀衣裳。
(2016 年 11 月 13 日)

校园里有一片果园，挂满果实的柿树枝条，伸展到翠竹丛中，黄色的柿子如同镶嵌在竹林里的珠玉一般引人瞩目。

柳树叶

气温骤落近乎零，
枯叶飘零落满町。
但见天蓝云白下，
垂枝一色叶微青。
（2016年12月5日）

天天散步，冬去春来，花开花落。我发现，柳树春天发芽吐青最早，冬天泛黄落叶最晚，真是平凡的树种，非凡的个性。

冬日山杏

秃枝光杈密如麻，
落叶归根不是家。
雪地冰天寒透骨，
千苞闹杏竞萌芽。
（2015年1月29日）

今日是农历腊月初十。早上8点，我冒着北国严寒在校园里进行着例行的饭后散步。路边的几株山杏，与周边柳树、碧桃树无异，光秃秃地立于刺骨寒冷中，归根的落叶无家可归，干枯得像死虾一般卷曲着，但满枝头的芽苞，让山杏立即显露出勃勃生机，令我惊喜不已。

喜 鹊

林间草上喜穿梭，
乐在时时唱赞歌。
冬爱秃枝寒树冷，
夏天不惧热蒸锅。
（2017年5月28日）

端午节小长假第一天，早饭后在校园散步，几只喜鹊在绿油油的草地上、茂密的树林中飞来窜去。自我每次餐后散步以来，喜鹊都在树林里草地上活动，即使大雪覆盖，也是如此。于是萌生了为之写诗的冲动。

雨后校园

雨喷盛夏降高温，
满地清凉汗不存。
知了无声何处去，
但闻蝈蝈竞欢言。
（2017年8月4日）

晚上10点散步,因为下雨,白天一阵高似一阵的蝉鸣,突然没有了声音,代之而起的是蝈蝈的欢叫。不同季节的感受,在校园里竟在一天之中产生。

清净夏晚

一轮桂魄路通明，
携影兜圈享静宁。
偶有娥眉迎面过，
默然相视表无情。
（2017年8月5日）

因为是暑假,晚上9点,校园一片宁静,空气纯净,月亮高挂蓝天,把大地照得通明。桂魄,月亮的别称。娥眉,指漂亮的女子。

诗韵校园 — 国家行政学院校园诗

第一粒种子

横竖成行头指天,
威昂胜过列兵连。
一园翠种生机旺,
待等初冬金满田。
（2018年4月13日）

中午散步,同事告知在学院主楼北侧大片空地上栽上了银杏树,我听了甚为惊讶。遂结伴观看,新栽银杏林果然壮观。近日中央决定,新组建中共中央党校(国家行政学院)。于是,这片银杏林就被我看作中共中央党校(国家行政学院)组建后的第一粒种子。金满田,指金灿灿的银杏叶铺满地,风景十分美丽。

护 树

沉醉花香几忘情,
忽闻激愤发心声。
从来步道求浓荫,
怎忍繁枝被砍清。
(2013年4月13日)

　　中午散步,同事马庆钰、李惠拉着我看校园里的树。这些树本来枝繁叶茂,现在却被修剪成光杆一根。不怪马庆钰教授气愤,校园栽树不是为了育材,而是为了观赏和遮阳。于是,我们随即把我们的想法报告了主管部门领导,并建立了"生态文明群"。

院徽啊,院徽(一)

长臂高抬摘院徽,
百般感慨竞纷飞。
当年监挂情犹在,
转眼曾经不复归。

(2018年4月26日)

晚上 8:25 例行散步，行至主楼，看到主楼门廊上方悬挂的国家行政学院院徽正在被摘下，我好生诧异。于是在现场拨打了一圈电话，了解原委。

这院徽，是经过全院教职工投票选定的，深得大家喜爱，也曾经是在我和有关同志注目下，于 2009 年 9 月 2 日晚挂上去的。转眼这"曾经"就消失了。

院徽啊,院徽(二)

院徽一摘百疑生,
窃问何缘解莫明。
待等黄昏重挂起,
纷来驻足夜三更。

(2018年4月27日)

　　院徽被摘,在全院教职工和部分学员中引起不小反响,不少人在微信里、见面时相互打听原因,发表议论,均不知所以。第二天,即4月27日17:05学员来信:院徽又开始安装了!我随即赶到主楼,只见院徽斜靠在主楼台阶下。我让工人扶正院徽,依墙而立,面向广场,合影留念,随后主持《新时代中国研究丛书》作者碰头会去了。会议结束,我再次来到主楼,院徽已经高挂在原先的位置上。夜已深,我散步时见师生陆续前来,驻足凝视摘下一天又回归原位的院徽。

　　这一摘一挂,院徽仿佛更亮了。于是,人们恍然大悟:原来,院徽是摘下来擦清洗的!

第二部 这般执着是何人

在校园散步,总会遇到人,学习的、劳动的、健身的,到教室的、去办公室的、出校门的……有初进校园问路的,我常毫不犹豫陪同前往,并且送到位,因为对我来说一样——都是走路。同样都是散步人,有认识的也有不认识的。有这么一位,尽管我不认识,但她每天坚持小跑步的毅力,给我留下深刻印象,以致我借诗探问:"这般执着是何人?"到现在也没有得到答案。

这部分诗,就是写校园中的人,也包括我自己。

园 丁

日出淋清水,

黄昏理乱枝。

园中皆锦绣,

苦累有谁知。

(2015年7月7日)

　　散步时看到园丁们在校园里给花草浇水，顿生敬意而写。

面如阳光

善意春风去雾埃,
天蓝地净密云开。
红衣幼女攀桃树,
满面阳光心底来。
(2016年4月1日)

雾霾被善解人意的春风一扫而尽，连续多日晴空万里。饭后散步，只见男女老少在校园里漫步，感受着这春的气息。阳光洒在美丽的校园里，更洒在人们的心里。

诗韵校园——国家行政学院校园诗

为何没来？

流星大步面迎来，
一笑匆匆对走开。
若是几天形不见，
连篇问号乱疑猜。
（2014年6月25日）

　　同是散步人，说认识吧，说不出他们的名字和职业；说不认识吧，又非常熟悉，常在路上见面。要是几天看不见，心里甚至会嘀咕：怎么啦？

她是谁？

轻颠慢跑每清晨，
一袭红衫裹胖身。
花落花开鲜见瘦，
这般执着是何人？
（2015年10月11日）

在校园散步,看到有这么一位,三年来,她一如既往地跑,也一如既往地胖。"这般执着是何人?"到现在也没有人告诉我。

同 事

出脚遇同僚,
依然淑女娇。
背包惹路眼,
秀发逗风飘。
(2015年7月2日)

　　晚饭后散步,巧遇同事兰女士步行回家。她虽年近花甲,但风采依然,后背上贴着一只时髦的蜘蛛包,格外吸引眼球。

风雪武警

室内薄衣暖，
门前厚袄寒。
如雕风雪里，
时刻系危安。
（2015年11月25日）

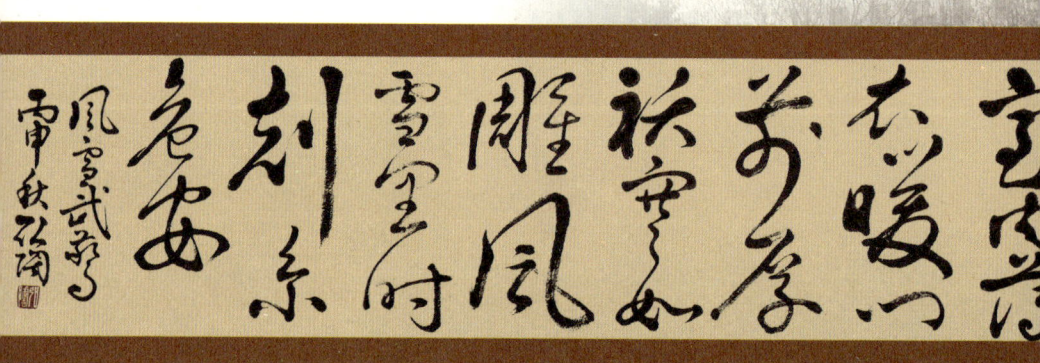

早晨散步，见到校园西门武警在风雪中站岗，十分感动，也十分崇敬，于是有了这首《风雪武警》。

2016年8月29日晚散步，偶然得知8位武警战士第二天要离开岗位，准备退伍，顿时感到念念不舍。两年来，他们在校园里站岗放哨，执勤服务，艰苦训练，军纪严明，风貌昂扬，给我们留下光辉而可爱的形象。我虽叫不出他们的名字，但一个个都非常熟悉。无论何时进出校门，他们都行一个军礼，送一声问候。现在他们完成了两年的光荣使命，即将告别校园，我想表示对他们的感激之情，也让他们感受到校园对他们的感情，于是把这首诗连晚写成8幅书法作品，分别写上了他们的名字。第二天一早在他们离开校园前送到了他们手里。

人挪活

好苗成木要移栽，
板结禾根土靶开。
欲活则挪为古训，
高枝召唤不徘徊。
（2015年9月23日）

昨晚散步，遇到一位同事，他对我说，人面对改变时总是很忐忑。早晨散步我特赋此诗予以勉励。

诗韵校园——国家行政学院校园诗

五年勤勉

五载如形影,
年华蕴不同。
勤奔前景路,
勉者渐成翁。
(2014年1月15日)

光宗诗并书

从我 2009 年 4 月任职国家行政学院以来，骆光宗一直任秘书。不久他将履新，特作"五年勤勉"藏头诗并书之，1 月 21 日晚两家小聚为他送行。他也悄悄步我韵作了一首五绝《感恩有你》并书之送我：终日常相伴，身心荣辱同。感君勤勉路，恩重比家翁。

进园五年记

正是花红柳绿时,
群公笑纳在台基。
熔炉自此添微火,
五载长燃不觉疲。
（2014年4月7日）

　　五年前的今天，我告别热岛，来到国家行政学院履新，院领导走下主楼前台阶迎接我，海南省委组织部、宣传部领导专程送我到学院报到。从此，我工作在公务员培训这个新的岗位上，这个岗位也成了我工作生涯的最后一站。

　　2013年11月4日，星期一，这是我从此不用再上班的第一个工作日。

我的 2014

辈升任卸返书房,
布道为文导学忙。
大会堂中言国事,
小村寨里叙衷肠。
腾云越岭倾微力,
研磨挥毫仿醉狂。
半饱吟诗林下路,
防痴抑胖控顽糖。
（2015年1月4日）

2014年,是我离开领导岗位的第一年,多年年终写总结的习惯让我想到离任第一年也该有个总结,于是有此诗。辈升,当爷爷。腾云越岭,指乘飞机坐高铁,服务基层。醉狂,指代我国唐代大书法家怀素,史称醉素狂僧。

敬鲁夫妇

敬意如初手互牵,
夫撑布伞谢妻贤。
妇容蝶影花千树,
鲁子中秋秀福缘。
(2016年9月16日)

今天是星期日，我陪敬鲁教授及夫人游览校园，并以"敬鲁夫妇"藏头作诗相送。敬鲁是中国人民大学哲学院管理哲学博士点学科带头人，是我所尊敬的知名学者，我兼这个点的博士生导师。鲁子，山东的儿子，敬鲁生于山东。

菲尔斯院长

往返飞奔亚澳洲，
倾情互取治邦谋。
烟波万里遥遥路，
甘用银丝织小舟。
（2016年9月20日）

学院举行晚宴,欢迎菲尔斯院长带领的第四期澳新高管研修班学员。70多岁的菲尔斯长期担任澳新政府学院院长,多年来不辞辛劳,实施中国、澳大利亚、新西兰三国政府间的高层培训项目,令人感动。

喜树成材

餐间愉快忆当年，
往事联翩现眼前。
更喜曾经稚嫩树，
如今壮美顶蓝天。
（2017年4月13日）

早餐后散步，想到马上给海南省中青年领导干部培训班上课，开场怎么讲呢？于是吟成这首诗。海南是我工作了20年的第二故乡，学员们几乎都认识我。诗成之后，赶在课前键入PPT，配上校园照片。餐间，即吃早餐时。

摄影"高手"(一)

面露花丛灿若娥,
嫣然一笑漾春波。
凝神倩影连声叹,
旧照行将弃大河。
(2017年4月16日)

在校园散步,常遇女士独自赏花自拍,我也就有了被请代劳的机会。一看自己的照片,她(们)总是惊叹不止,说这是今生拍的最满意的照片,有的还表示此前的照片是白拍了,我也就被夸成摄影"高手"。

摄影"高手"(二)

粉面红墙秀发丝,
光鲜绿叶衬娇眉。
炎陵东外飞车上,
艳美惊呆照里妮。
(2017年7月7日)

在炎陵东服务区小憩，我随手为同行的博士生小佳拍了几张照片，让她惊叹不已。

向劳动者致敬

马达声声过节欢,
蒙蒙细雾出喷杆。
苍生绿树无虫病,
劳动之身寝自安。
(2017年5月1日)

"五一"国际劳动节,中午在校园散步,看到几位园丁在为树木喷药治虫,过着自己的节日,我不禁感慨成诗——向劳动者致敬,并以此作为向朋友们祝贺节日的短信和微信。

说 诗

并肩慢走点花枝,
细说何缘总是诗。
欲问言多啥奥秘,
君猜散步紧挨谁。
(2016年11月1日)

晚饭后巧遇学院培训中心水老师在校园散步,于是同走了一段,边走边聊起了我的校园诗。接着,我把此次聊天写成此诗。

游泳的感慨（二首）

中断三年下泳池，
来回百米力难支。
舟行远近凭人驾，
本领危机懈怠时。
（2016年8月29日）

不息五昼泳池游，
贫喘无踪始畅悠。
何惧难关冲不过，
娴熟拳曲在勤修。
（2016年9月3日）

  2016年8月29日，午饭后去学院游泳，这是中断3年后第一次游泳。游了不到50米，便上气不接下气。感慨系之，写下了第一首。

  我之所以学会蛙泳，是因为糖尿病。2005年4月底，我体检被查出患有二型糖尿病，有人建议游泳。5月8日"五一"长假一结束，我就学习蛙泳，从此每天游泳，在不知不觉中增强了体质，颈椎也不疼了。

  效果这么好的游泳为什么又中断了呢？也是因为糖尿病。2013年11月4日起，也就是不再上班的第一天，我遵医嘱在每餐进主食第一口后半小时即迈开腿，先慢走5分钟，然后快走半小时。三餐餐后散步共要花费一个半小时，哪里再舍得花时间游泳呢！

  游泳中断后，颈椎病渐渐趁虚而入，于是我决定恢复游泳。9月3日晚，这是我连续第五天游泳，感觉轻松自然，第一次游泳时那种上气不接下气的惨相基本消失。于是写了第二首。

第三部 任余散步伴诗吟

天天散步,散步的时间、天气、路况不同,散步的感受就自然不同。春夏秋冬、季节更替,风霜雨雪、气候变化,散步环境和散步心境各异。正是这些不同或差异激发了诗兴,这就是所谓"任余散步伴诗吟"。写散步本身,构成了我校园诗的重要内容。

春夏秋冬、风霜雨雪,翻新着校园景色,这类诗辑录在上一部;变换着散步情趣,则辑录在这里。

痴 情

爽爽林间路，
随心缓步行。
兼闻天下事，
喜鹊笑痴情。
（2012年 8月 24日）

8月的校园，树木葱茏、绿草如茵，配上点缀其中的美石，在园中散步，有移步换景之美感。我喜欢边散步边听广播，故曰兼闻天下事。树上的喜鹊见这情境，抿嘴一笑：不当宣传部长了，还这么一往情深地关注新闻！

步连五洲

伞落潇潇雨,
鞋沾点点潮。
胸前苹果挂,
好似鹊连桥。

(2012年9月2日)

读英语听英语，曾经是我几十年一直不变的习惯。因此，有一段时间，散步听英语成了我舍得花一个小时闲逛的最大理由。有一次雨中打伞散步，耳插苹果牌MP3，听录音英语新闻，突然觉得这MP3不是一般的设备，倒像是连接多彩世界的桥梁。

谈笑同行

协同旧部转丛林，
往事琼崖似在今。
大步流星风撞脸，
欢声谈笑赛童心。
（2014年9月16日）

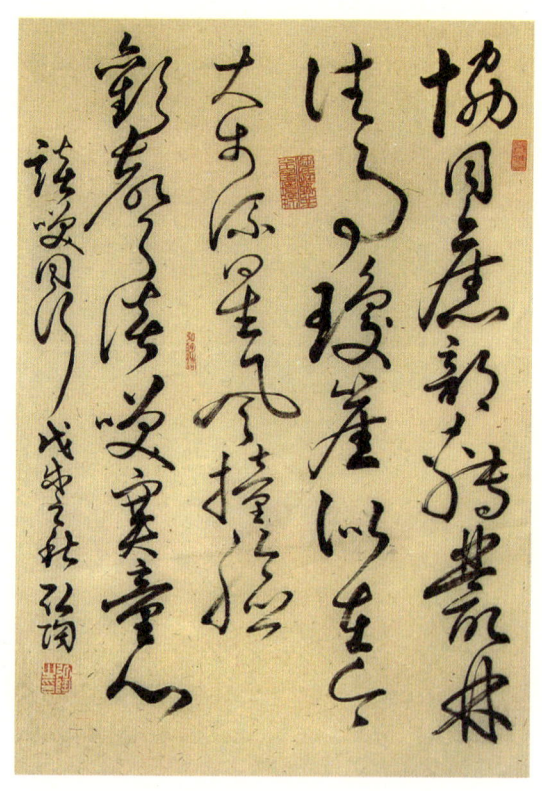

我在海南工作期间的第一任秘书来国家行政学院学习，早饭后我们一起在校园林间散步，我一下子联想起革命战争年代活跃在海南岛的琼崖纵队转战丛林的斗争故事。旧部，即过去工作中的部下。

邀月常驻

横空冉起大银盘,
俏嵌蓝天圣洁坛。
本应无羞常露面,
灰霾作梗见颇难。
(2014年11月14日)

晚饭后在校园散步,在连天雾霾之后,喜看月亮露脸有感。

独步寒冬

枝疏叶落露苍穹，
地冻人稀路面空。
树响沙旋无戏鸟，
唯余独步品寒风。
（2014 年 12 月 31）

2014年最后一天，北京天气晴朗，但气温继续下降，不时风起。午饭后散步见不着一个人，唯我独自装着散步机，伴着悠扬的音乐疾走在寒风中。

期盼与失望（二首）

期 盼

风携白絮撵尘埃，
久集重霾漏斗开。
但愿天公情作美，
明朝大地雪皑皑。

（2015年2月2日）

如梦令·梦雪

昨夜雪花飘落，
一宿玉龙包裹。
小草暖洋洋，
满院嬉童堆垛。
痴梦，痴梦，
银粟借风经过。

（2015年2月3日）

2015年2月2日晚,我在校园散步,中度雾霾的天空突然飘下雪花。后天就要立春,可是寒冬的北京不寒,飘过两次雪花无雪。多么希望今晚的雪飘到明天早晨,成为让人惊喜的厚厚白雪啊!于是,我作了第一首《期盼》,期盼"明朝大地雪皑皑"。

然而,第二天即2月3日早晨,只有背风小路上有一层薄薄的雪,其他路面没有雪的踪影,让我失望。雪花只是路过而已。故有第二首词《如梦令·梦雪》。雪花,古人也称玉龙、银粟。

餐厅散步

房间对面开,

过道小轮回。

反复沿圈走,

并非痴傻呆。

(2015年6月20日)

今天端午节，中午与博士生们在皇苑大酒店聚餐，餐后例行散步。然而，酷阳当头，校园林荫大道因垂柳树头被砍而消失，我们只好在皇苑大酒店不长的餐厅楼道里快走。

恋旧的雾霾

近观碧树漫轻烟,
远看灰纱罩满天。
连日晴空夸治理,
莫非霾亦恋情缘。
(2015年6月23日)

连续多日的晴空万里,使大家异口同声夸赞北京环境治理的成效,没想到今天灰蒙蒙的天际不知把太阳又藏到了何处。

秋雨送凉

伞下悠然赏雨声，
沙沙脆响奏闲情。
步飞溅水衣衫湿，
沁背秋凉助我行。

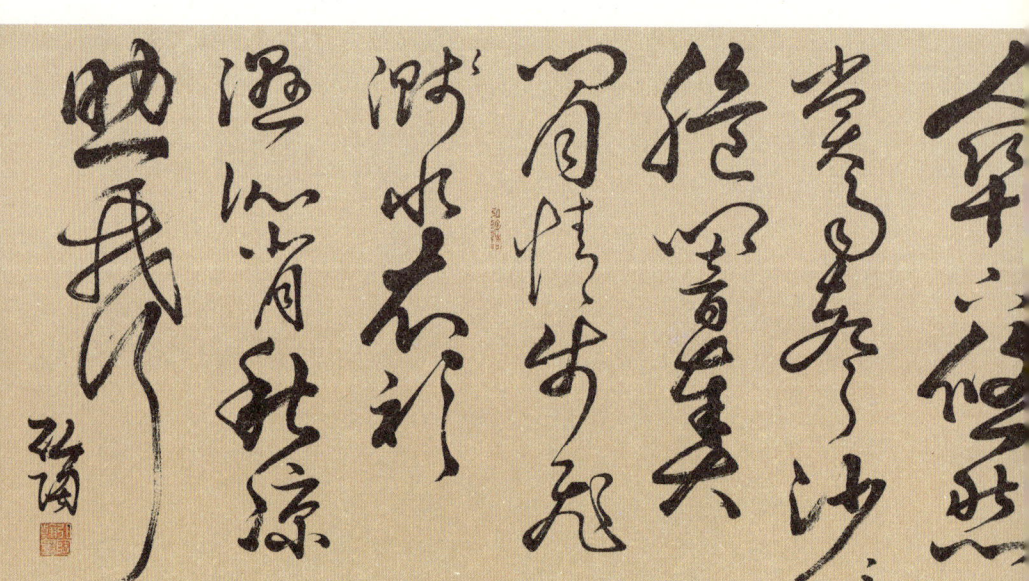

2015年8月31日，秋雨秋凉笼罩着悄无人影的校园，我打着雨伞独自散步，别有一番情趣。

亦喜亦忧

风如巨帚扫浓霾，
一显蓝天愉两淮。
冷意突来冬欲至，
燃煤峰起雾难排。
（2015 年 10 月 17 日）

早晨，令人窒息的3天重霾，因昨夜寒风驱赶，无影无踪，散步时心头掠过一丝愉快。但想到长冬即将来临，雾霾将更加肆无忌惮，又充满惆怅。两淮，即淮南和淮北。

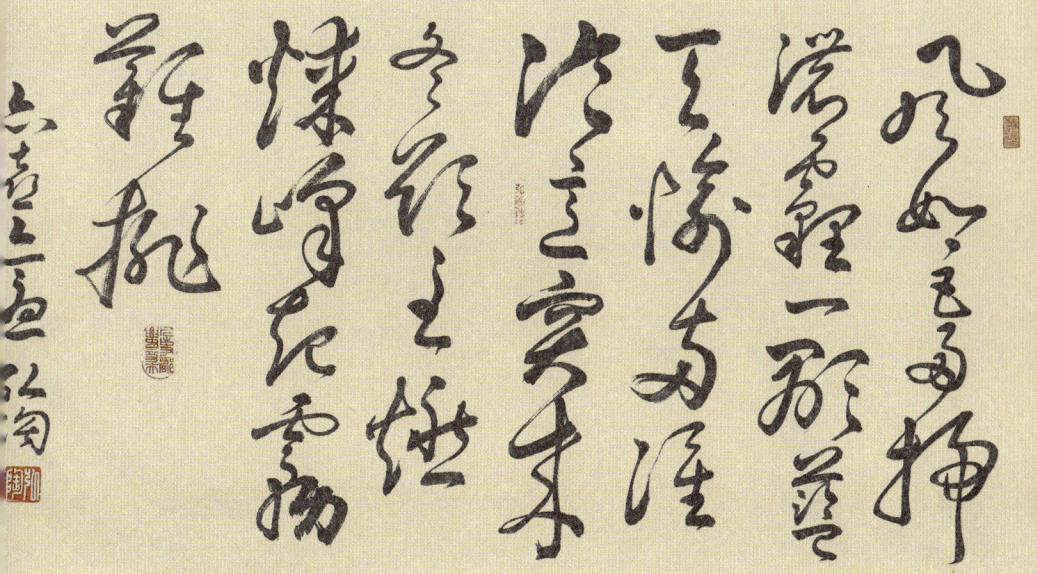

雪 园

风平树静雪飘斜，
吻面清凉转水花。
万物青衫谁染白，
画家自愧弗如她。
（2015年11月22日）

早晨在校园散步,雪花扑面,万物皆白。我聊发傻想:哪个画家上色的本领能与大雪媲美?!

雪夜路难行

大雪连天访大都,
冰凝白路变危途。
寒风冷似针锥脸,
比起翻山苦若无。
(2015年11月24日)

晚饭后出家门到校园散步，停了一天的雪又来了，使我置身于冰天雪地。翻山，指长征途中红军翻越雪山夹金山。

路满惊奇

眨眼天蓝把雾排,
金光万缕满书斋。
灰蒙拂晓窗前树,
何圣呼风赶恶霾?
(2015年12月30日)

今晨 5 点起床,窗外仍然灰蒙蒙一片,没想到早饭后阳光竟然洒满校院,再现蓝天白云,给我一个惊奇。

宁可风吹冷

放眼净苍穹，
风横万里空。
心甘吹痛脸，
不愿雾霾蒙。
（2016年1月4日）

元旦三天小长假,是在雾霾的昏天黑地中度过的,昨晚雾霾重得让人想起"黑云压城"的诗境来。没想到,今天一早雾霾无影无踪,只是风吹在脸上有点痛。

冬夜独步

数九孤灯黯，
藤枯叶败残。
裹绒微露眼，
独享腊冬寒。
（2016年1月13日）

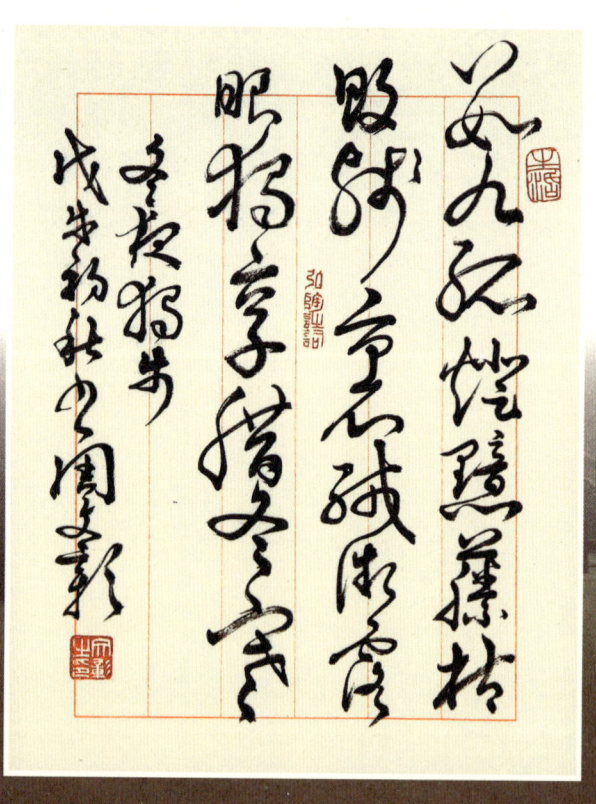

晚上在学院长廊散步，除了我四周别无旁人。天气刺骨的冷，我"全副武装"，把自己包裹得严严实实，只留两只眼睛，独自享受这寒冬腊月的夜晚。

甜蜜的苦寒

散步听来电,

冰疼手指尖。

冬来春不远,

自有苦寒甜。

(2016年1月22日)

早晨在校园散步,接了一个电话,手指冻得难以忍受。我想起了英国诗人雪莱的名句:冬天来了,春天还会远吗?

月寒身热

皓月寒空照,
冰凝老树丛。
楼前宁静路,
汗湿独行翁。

(2016年1月24日)

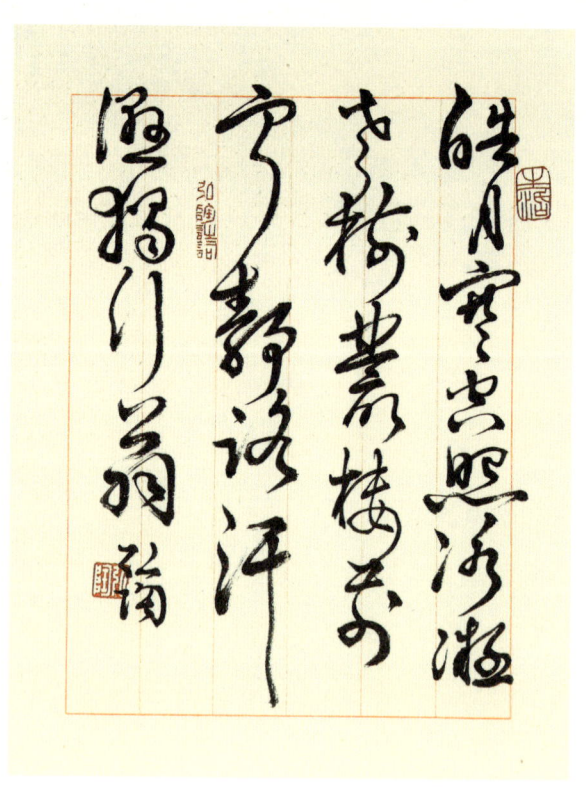

晚上在校园散步，时为四九第六天，京城奇冷，零下 14 度，为 30 年来之最，而月亮却如同巨大的白炽灯高挂蓝天。

亦冷亦热

高悬明月嵌青天,
冷气横冲旷野边。
两脚生风追驷马,
热流渐涌胜温泉。
(2016年2月23日)

夜晚，天蔚蓝，明月高悬，但气温极低，出奇的冷。我在校园坚持散步。

享受春雨

喜雨珊珊至,
清新扑面来。
花娇枝滴翠,
宁湿伞没开。

(2016年5月2日)

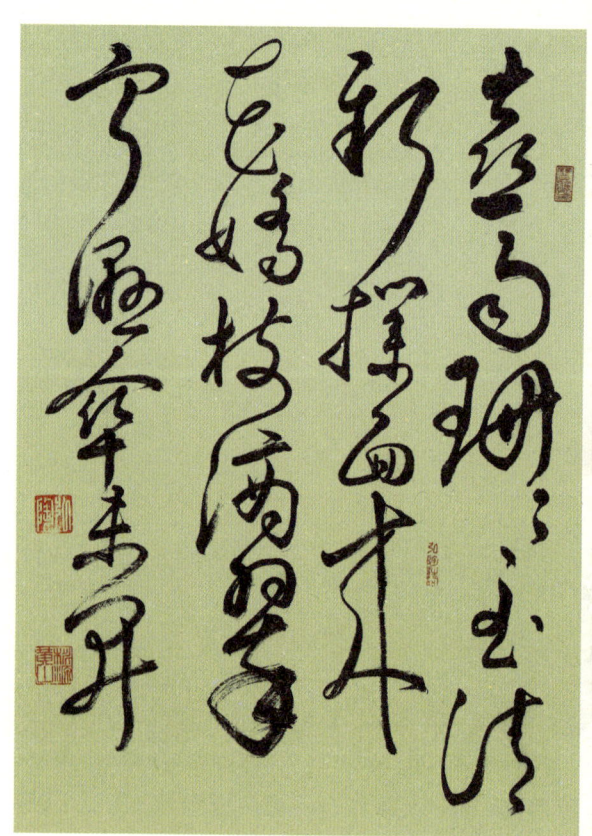

宁静校园

天蓝月洁伴银星,
树影轻摇草木馨。
一隅虫鸣何故起?
莫非吾步扰安宁。
(2016年6月10日)

夜晚散步，独自体验着端午节期间校园的宁静。

夜步漫忆

夜幕悄临时,
鸳鸯过柳枝。
林中幽静处,
漫忆恋初期。

(2016年6月11日)

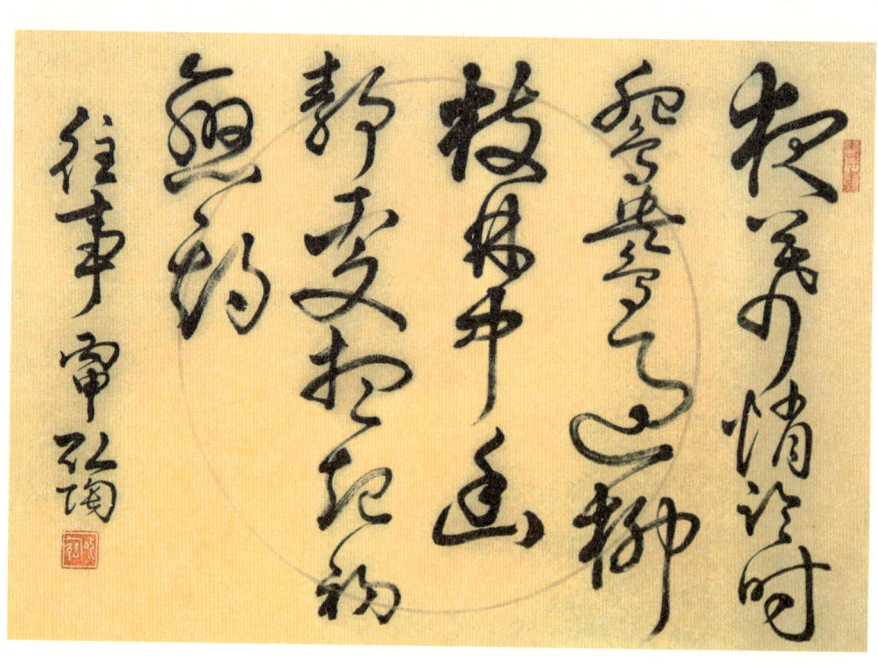

端午节小长假结束之晚，在校园看到一对老夫妻散步有感。

大雨中散步

天垂水幕路成河，
涌近边沟转漩涡。
绿草丛中横一树，
孤听雨奏大风歌。

（2016 年 7 月 20 日）

南方暴雨近日挥师北上,北京今天几乎全天大雨,晚饭后雨下得更猛。我打伞光脚卷裤腿,踏着漫水的路面,雨中在校园散步,别有情趣。

秋老虎

热浪临秋格外欢,
蝉鸣彻夜寝难安。
步行如沐桑拿浴,
汗湿衣衫不处干。

(2016年8月11日)

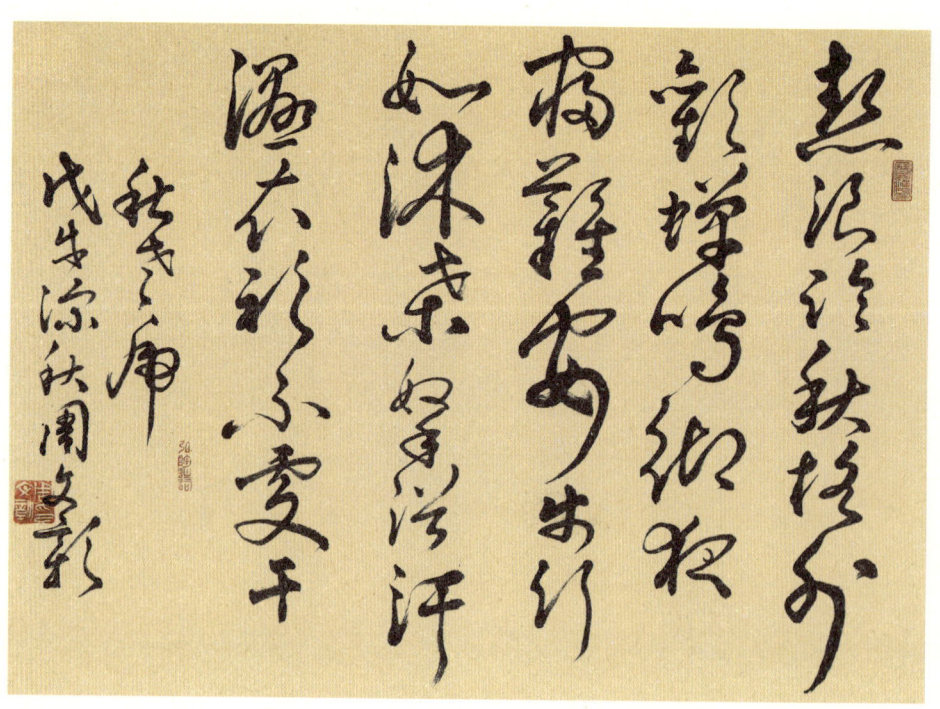

立秋了,但气温似乎更"夏"了,每次餐后散步汗都要湿透衣服。

想起嫦娥玉兔

嫦眉似锦动人容，
玉洁冰清景万重。
兔出华宫心自悦：
娥姣岭上我为峰。

（2016年8月13日）

在校园散步时以"嫦娥玉兔"藏头吟就。传说月宫中的玉兔就是嫦娥。嫦眉、娥姣钧指女子姿容美丽。

相 思

又到长空过雁时,
云天字字写相思。
含情翘首银盘月,
已梦君回不再离。

(2016年8月27日)

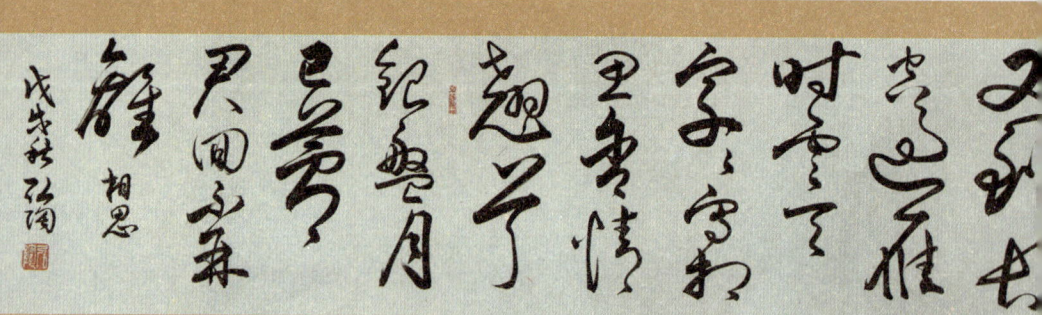

今天从成都飞抵北京，坐在回家的车里翻看朋友圈，看到蓝天白云的照片集上两行字——又到长空过雁时，云天字字写相思，不禁赞叹：多美的心境和意境啊！于是情不自禁地配了后两句。

望虹遐想

虹桥七彩挂云端，
俏丽凌空塑景观。
相境倘能长久在，
天人共享大平安。

（2016年9月2日）

受微友在朋友圈发照并狂呼"又见彩虹"激发,在校园散步而成。

打破幽静的诗声

霾消雨至夜空沉,
不语低眉小树林。
拄伞书生诗雅诵,
幽园一扫静无音。
(2016年10月4日)

国庆长假,晚上在校园散步,几乎见不着行人,一片静寂。我边走边背英文诗《世界上最远的距离》。

享受秋雨

恰好潇潇落雨时,
弹开紫伞步风驰。
薄纱笼罩生烟柳,
堪比江南更爽宜。

(2016年10月6日)

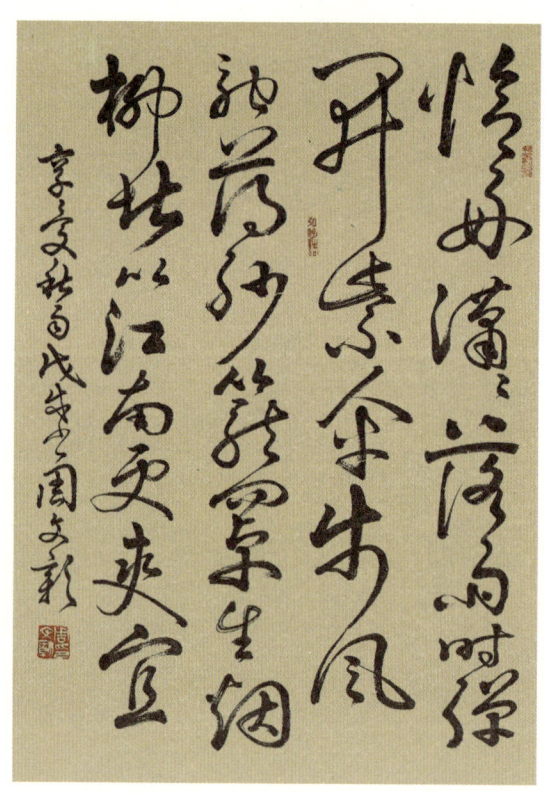

先夏后冬共一天

风吹树叶落哗哗,
冷气无声冻嘴巴。
晨在南方穿短袖,
一天冬夏赶温差。

(2016年10月30日)

10月28日，中国人民大学哲学院管理哲学教研室牵头在珠海举办"第六届全国管理哲学创新论坛"。今天上午我在珠海穿着短袖登机返京，晚上裹上棉袄在校园里散步，竟然还像披着薄衣那样冷，真是冰火两重天啊！

垂死的雾霾

朝别京都晚又来？
微睁大眼尽尘埃。
普天绿色清风劲，
尔等还能逞几徊。
（2016年11月19日）

清晨醒来看看窗外，空气见透，阳光慢慢爬上树梢，天空渐渐湛蓝起来——疯狂几天的雾霾终于散尽。于是，院子里多起了散步的身影，父母们张罗带孩子外出……市民全天喜气洋洋。

不料，下午5点光景，我感觉空气开始浑了，家人宽慰说，天晚了！我信了。

晚饭后出门一看，天啦，眼前情境如同昨晚，浓浓的、黑压压的。一看手机：重度污染。我确认：妖雾又来了！

这是我迄今遭遇的雾霾猖狂反扑间隔最短的时间。

我更愿意确信，这是它垂死挣扎之举！

妖霾拜年

停步三天未出门，
浓霾弥漫周天浑。
但闻喜鹊窗前叫，
不见寻常树上蹲。
（2017年1月4日）

雾霾从元旦当晚开始到今天一直十分严重，预报说要持续到 7 日。上午 10 点，我特意带着"汉王霾表"去找何常永大夫。家里因空气净化器开足马力劳作，PM2.5 在 60 至 100 多点波动，出了楼便上升到 280 多，为重度污染，车里下降到 220 左右。何大夫那里因为还没有装空气净化器，室内 320，窗外则 360 多。回到学院食堂，显示 220。午饭后室外下降到 178，符合直观感受。于是带着口罩在校园散步，并写下这首诗。

我已表示诗不再写霾，但元旦假日在重霾中度过，刻骨铭心，已经没法不写了！

雪中独步

不见行人但见林，
皑皑满目雪原深。
冰花曼舞轻揉脸，
身后沙沙脚步吟。
（2017年1月21日）

日月同辉

浮云静谧衬蓝天,
恍惚农炊散白烟。
月挂东空羞半脸,
灰霾一去共婵娟。

(2017年2月5日)

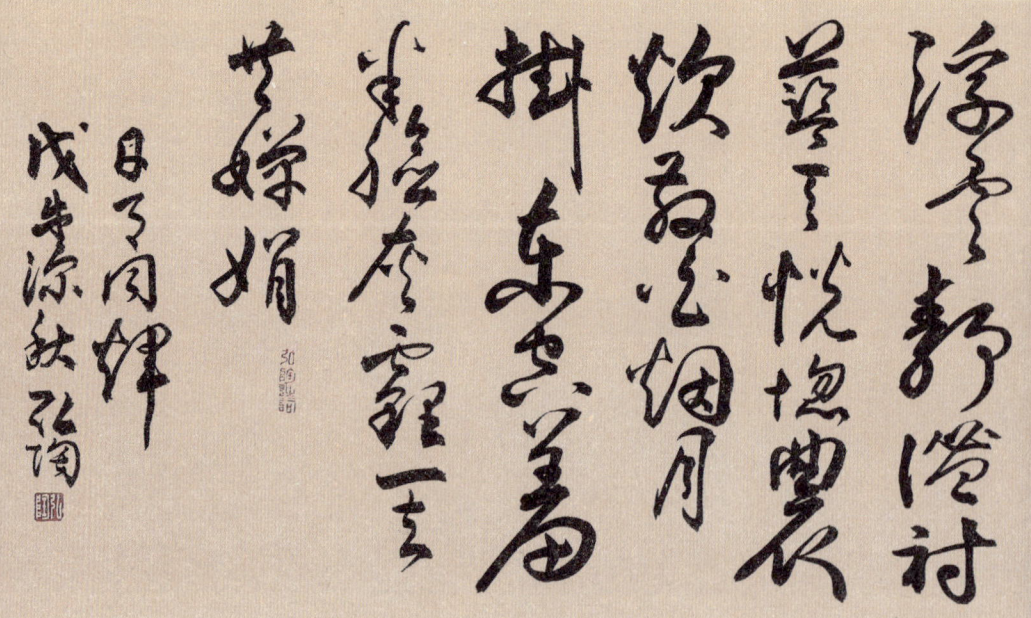

今天是年初九,清早 5:30 醒来即看手机:空气优。我兴奋得急忙开窗关空气净化器——自我初六晚上从家乡宝应回到北京家里,它们就坚守各自岗位。午饭后到校园散步,不仅蓝天下阳光明媚,月亮也羞答答地悬挂在东边半空之中,遂有此诗。

惬意春光

三五成群信步摇,
闲心指点绿枝条。
花前树下留张影,
杏月春光万物娇。

(2017年3月27日)

今天是农历二月三十日,午饭后在校园散步有感。杏月即农历二月。

趣 行

扫视垂杨柳,
如同在阅兵。
深情行个礼,
不见有回声。
(2017年8月29日)

午饭后在校园散步,路旁整齐的树犹如士兵在列队,我昂首挺胸地在树中散步,俨然阅兵首长一般惬意。我心中似乎在喊:"同志们好!""同志们辛苦啦!"然而,无论我多么深情,没有半点回音。

第四部 不愧加身博士袍

　　我的职业生涯，始于教书，终于育人。对教师这一职业，我情有独钟。即使在纯粹的党政机关工作 11 年间，我也没有中断过讲课、宣讲、带研究生。到国家行政学院任上不久，我就走上了讲台，直到今天还没有离开。2017 年 4 月，孙女苣苣所在的幼儿园邀我上书法课，我喜不自胜，因为这让我从幼儿园、小学、中学、大学、硕士生、博士生、博士后，一阶不拉地讲遍了。虽然我没有上过幼儿园，也没有做过博士后。

　　这一部分诗，记录的是我和博士生、博士后们的校园生活。"不愧加身博士袍"，是我对他们的期望，也是对他们的赞许。

苦读博士

苦夜清茶不畏贫，
读今阅古探求真。
博闻广记别松懈，
士子经纶满腹人。
（2013年12月31日）

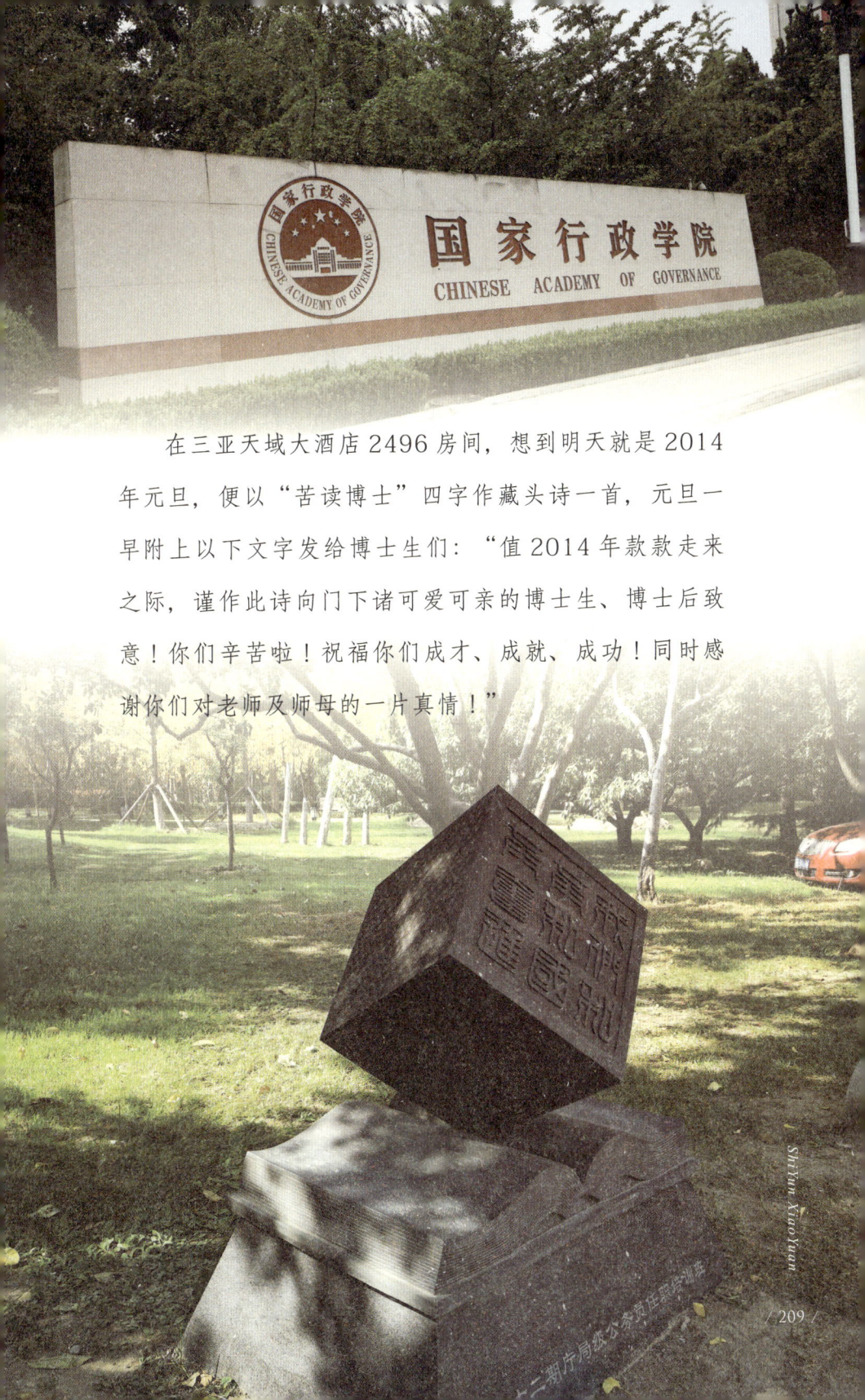

在三亚天域大酒店2496房间,想到明天就是2014年元旦,便以"苦读博士"四字作藏头诗一首,元旦一早附上以下文字发给博士生们:"值2014年款款走来之际,谨作此诗向门下诸可爱可亲的博士生、博士后致意!你们辛苦啦!祝福你们成才、成就、成功!同时感谢你们对老师及师母的一片真情!"

苦寒梅香

苦读多思动笔勤,
寒窗冷凳伴耕耘。
梅开旷野花枝俏,
香洒人间天下闻。
(2016 年 6 月 12 日)

胡登良同学于2013年9月进入国家行政学院,攻读教育经济与管理专业博士学位,今天以论文《中国公务员分类培训研究》顺利通过答辩,即将成为公务员培训研究方向第一个博士学位获得者。我极为高兴,以"苦寒梅香"写了这首藏头诗,并以扇面书写送他,向他表示祝贺。

扬 鞭

话语阳光志未眠，
攀高路上再扬鞭。
持家纵有分神事，
不学庸人白度年。

（2016年6月25日）

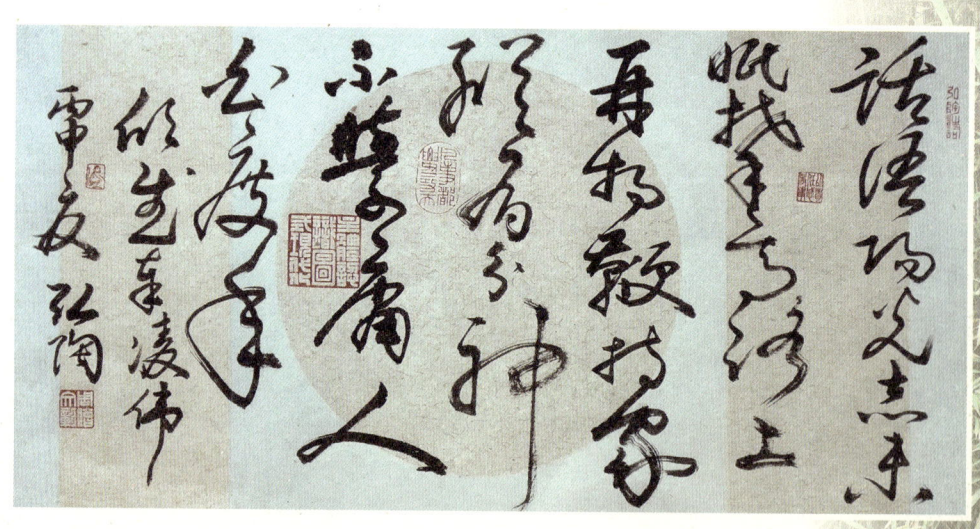

为胡登良同学写诗给了我一个提示：应该为每一个获得博士学位的学生写一首。于是立刻付诸行动。

于凌炜同学2007年考入中国人民大学哲学院，成为马克思主义哲学专业博士研究生，也是我的第一个博士研究生。2010年以论文《文化全球化背景下的中国文化研究》顺利通过答辩，获得哲学博士学位。今晚散步，约10点左右，与于凌炜同学通话后，在国家行政学院步道长廊木凳上草就。

登 攀

爱读经书嚼字词,
更深夜静醉沉思。
连篇著述熬心血,
不到高峰焉做师。
(2016年6月25日)

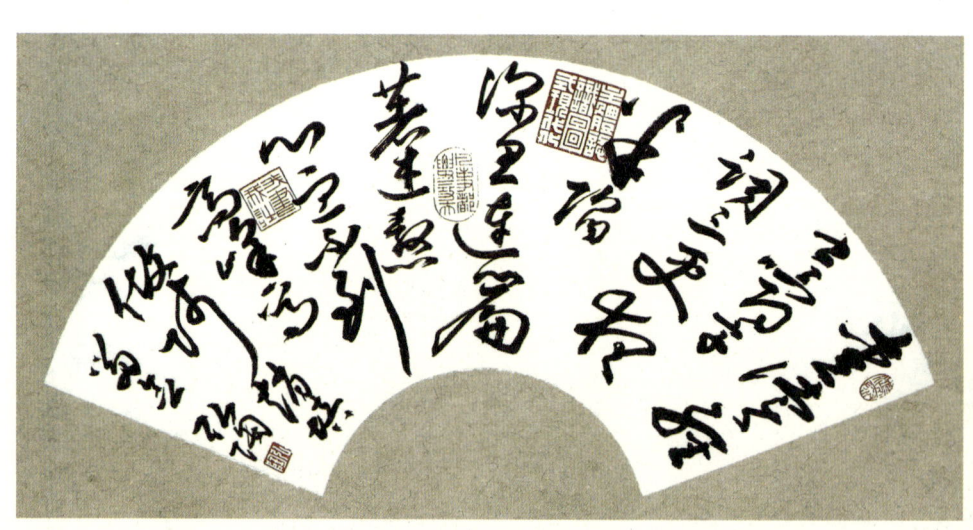

赵培于2008年考入中国人民大学哲学院，成为我的第二个博士研究生，2011年以论文《对马克思资本批判理论的哲学考察》顺利通过答辩，获得哲学博士学位。毕业之后进入中共中央党校马克思主义学院从事教学科研工作，2015年晋升为副教授。他沿着博士期间的研究方向开展教学科研工作，成果颇丰。早饭后在校园散步时作。

进 取

百尺竿头怎算高？
寻梯再上碧空遨。
飞攀纵有千般苦，
不愧加身博士袍。
（2016年6月19日）

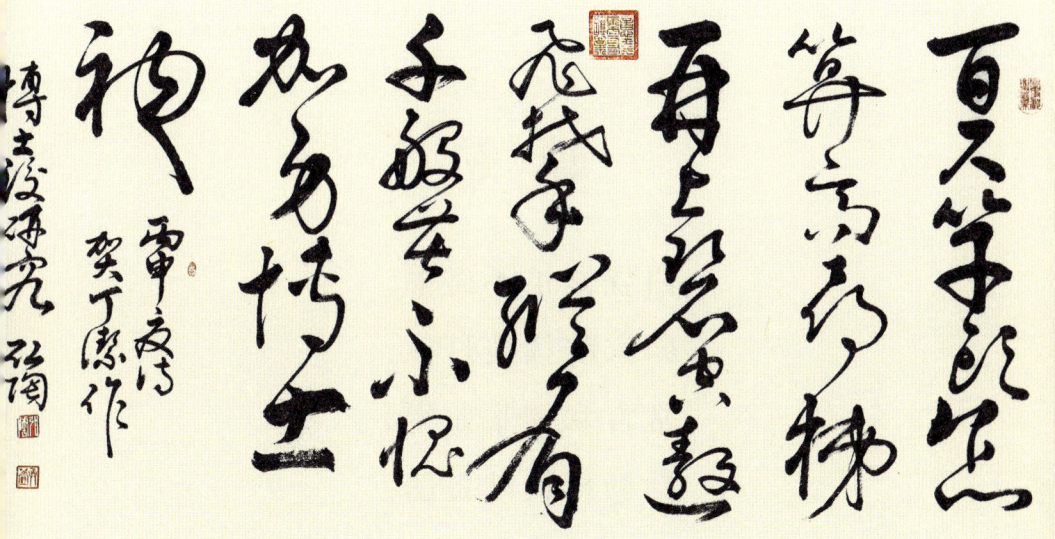

丁洁于2009年9月进入中国人民大学哲学院，攻读马克思主义哲学专业博士学位，2012年以论文《历史唯物主义视域中的农民现代化》获得哲学博士学位。该论文被评为优秀博士论文。进入中国纪检监察学院任教后，她深感理论不足，便于2013年3月进入清华大学博士后流动站，2015年3月以研究报告《中国特色反腐倡廉理论》顺利出站。"寻梯再上"即指她获得博士学位后，又做博士后研究工作。写于北京飞福州的MF8116航班上。

勤 勉

白昼繁忙不碰书,
归家醉读夜灯孤。
常言掌翅难兼得,
勤勉持恒破畏图。

(2016年6月19日,新韵)

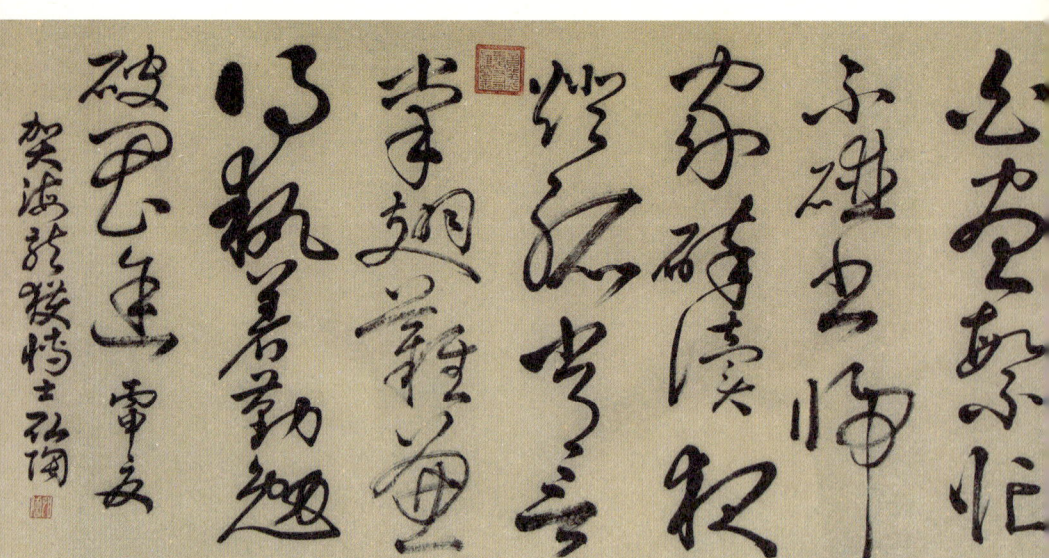

杨海龙同学于2011年以同等学力考取中国地质大学（北京）马克思主义学院思想政治教育专业博士研究生，2015年以论文《公务员思想政治教育时代性研究》顺利通过答辩，获得法学博士学位。因为他是公务员，故曰"白昼繁忙不碰书"。写于北京飞福州的MF8116航班上。

第一筵

默默开犁处女田,
扬花结穗粒浑圆。
耕耘自有其中乐,
做出华庭第一筵。
(2016年6月21日)

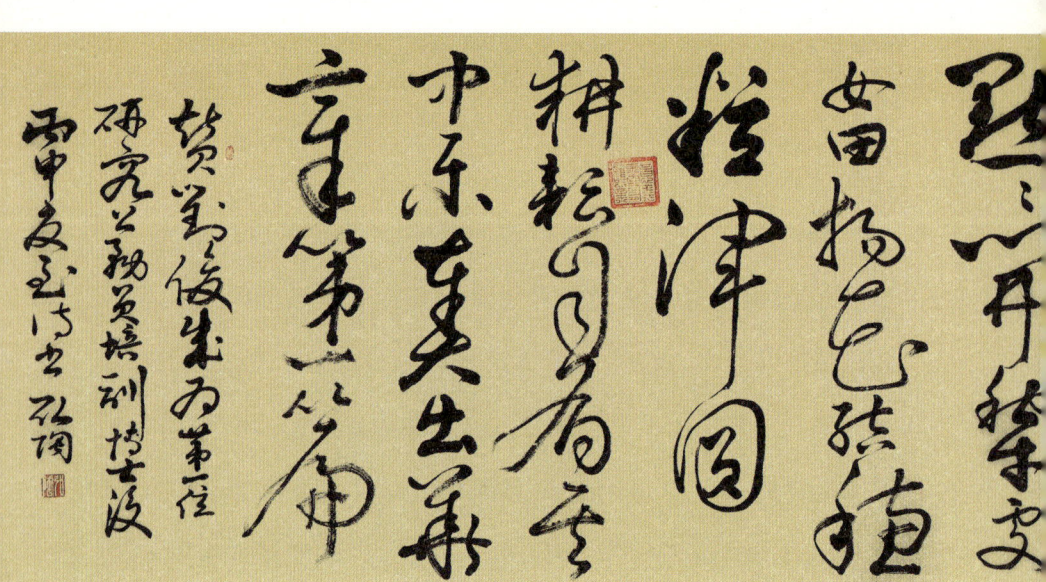

刘俊同学于2011年7月入国家行政学院从事博士后研究工作，2014年6月写出公务员培训研究方向第一篇博士后出站报告《公务员培训方法创新研究》，获得评审专家们的一致好评。华庭、处女田，均指公务员培训研究领域。

不 甘

书山学海本无涯，
就看标杆竖几排。
教授何由来读博？
不甘未到最高阶！

（2016年6月23日）

纪光欣同学于2011年考入中国人民大学哲学院,成为管理哲学专业博士研究生,2014年以论文《社会创新多元主体合作问题研究》而获得博士学位。报考博士时,他已是中国石油大学(华东)经济管理学院公共管理系教授、硕士研究生导师。我常对他说:"实际上你是我的导师!"

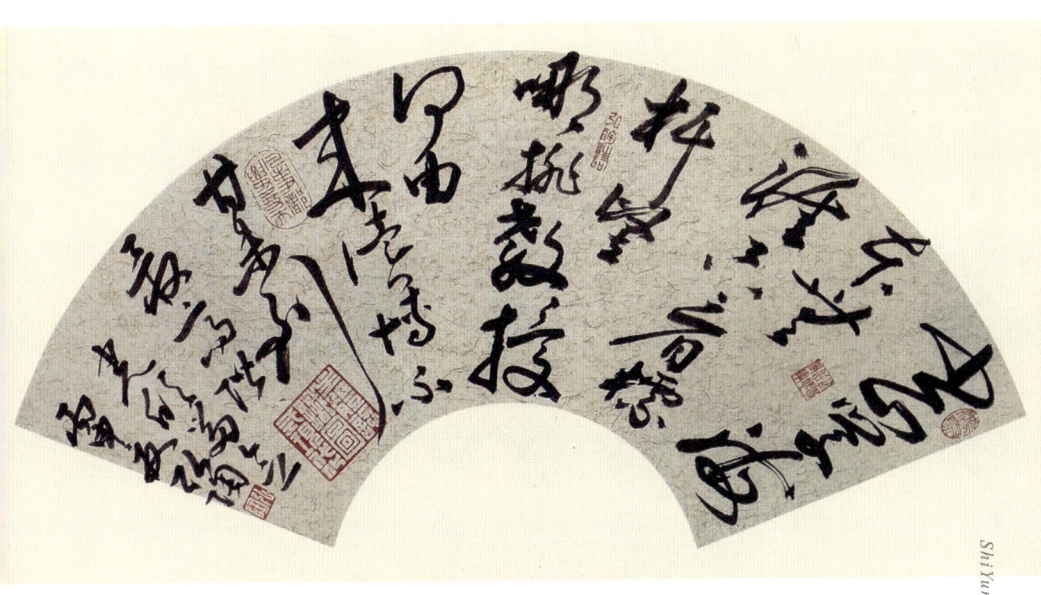

诗韵校园—国家行政学院校园诗

远 行

京华不恋赴鹏城，
好马生来爱远征。
跋涉先河新气涌，
心灵活力绣前程。
（2016年6月26日）

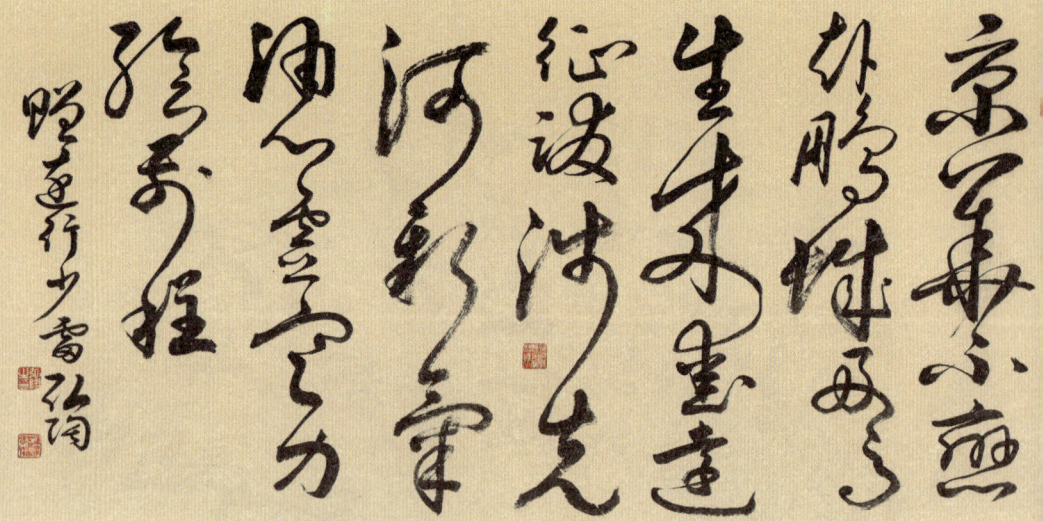

少雷治印

　　陈少雷同学于2010年9月考入中国人民大学哲学院马克思主义哲学专业，2013年7月获哲学博士学位，博士论文题目为《文化价值观的哲学省思》（社会科学文献出版社，2016年出版）。毕业之后义无反顾地选择去深圳市委党校（深圳行政学院）任教，深受领导和同事们重视，早于留在京城的同学，于2015年年底被评为副教授，其后不久担任该校习近平新时代中国特色社会主义思想研究中心副主任。先河，即深圳，是我国最早的经济特区之一，许多改革开放的举措开我国之先河。

顽 强

跨界登攀自作难,
思维之旅步蹒跚。
崎岖怎挡鸿鹄志?
心血精缝博士冠。
(2016年12月6日)

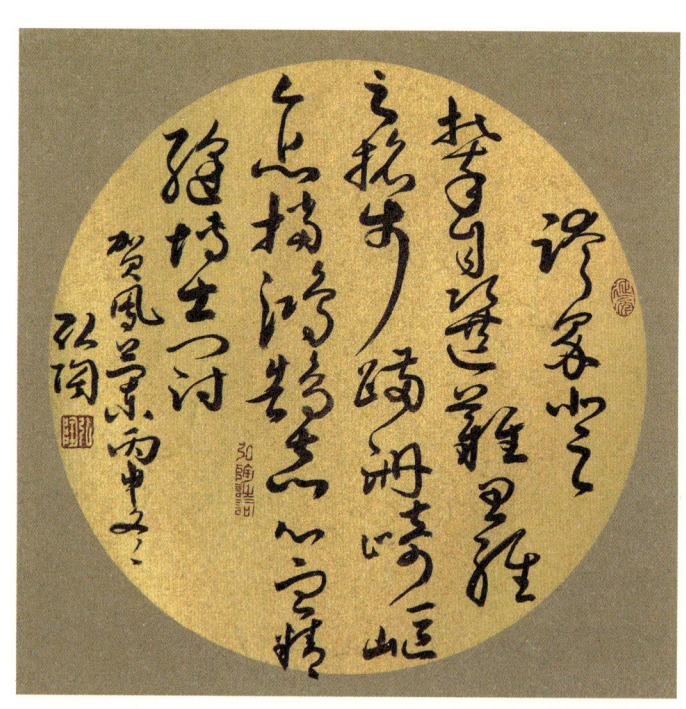

　　岳凤兰同学于2013年9月考入国家行政学院教育经济与管理专业，攻读公务员培训研究方向博士学位，今天上午顺利通过博士论文答辩，作为她的指导老师，我喜不自胜。她本科、硕士、博士横跨三个不同专业，难度可以相见，而博士论文又选择公务员互联网思维作为研究对象，难上加难。但她不畏艰难，不怕挫折，顽强攻关，终于获得成功。

　　2017年9月，岳凤兰进入中国人民大学马克思主义学院博士后流动站从事教学和研究工作。

苦 思

公平义理蕴涵深，
思索愁眉步履沉。
构想新型城镇化，
笔端凝聚为民心。
（2016年12月13日）

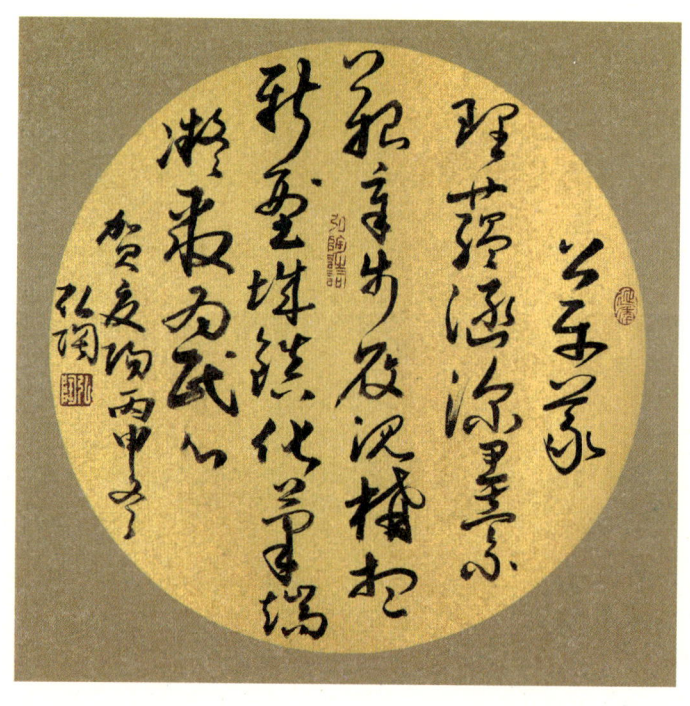

刘夏阳同学于2012年9月进入中国人民大学哲学院管理哲学专业攻读博士学位，今天上午以博士学位论文《新型城镇化进程中的公平正义研究》，顺利通过答辩。依她的教育背景来说，公平正义问题是她选择的一个具有很高难度的问题，但她知难而进，终成正果。

成 功

云开雾散冷冬晴,
喜鹊愁眉换笑声。
静水深流藏不露,
轻松一举事竟成。
(2016年12月2日)

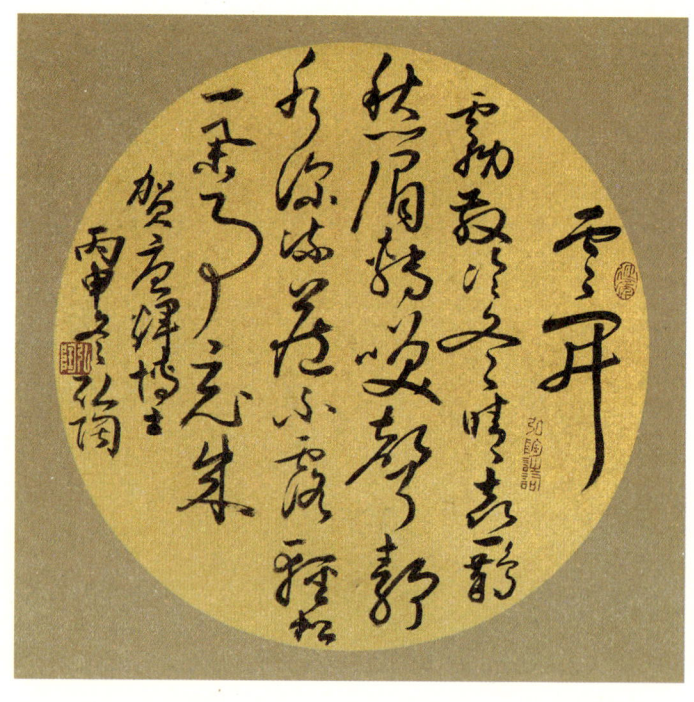

国家行政学院同事唐辉在职攻读博士学位,今天顺利通过论文答辩,特作此诗表示祝贺。

校园独一课

欢声喜鹊送温馨,
共享无人独自听。
昔日繁园空荡荡,
余奔教室启心灵。

(2016年1月27日)

学院1月21日起进入寒假,但门下博士研究生们却愿意上课。今天是除夕,今天的课是春节前的最后一课。

欣 慰

祝福声声暖,
莘莘学子情。
青苗成大树,
不废苦躬耕。

(2016年9月10日教师节)

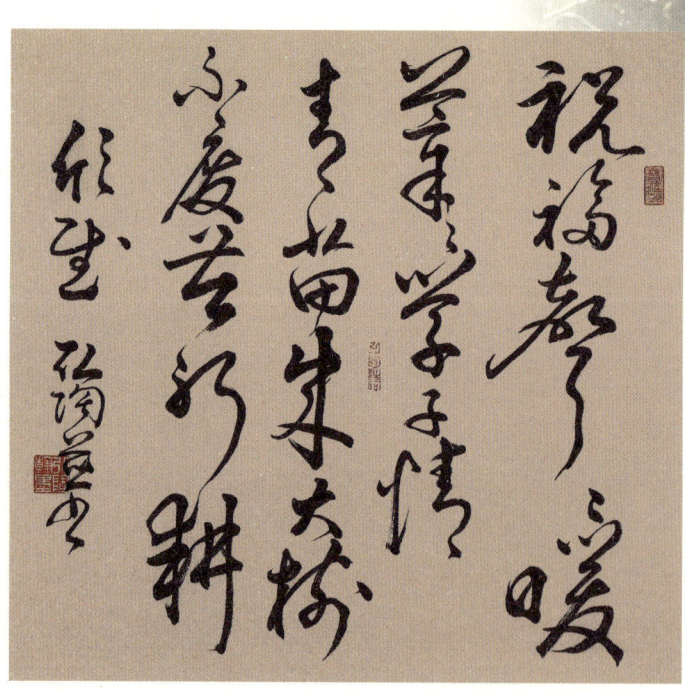

　　一早,学生们祝贺节日的短信就接踵而至。我遂作此诗回复祝福。看到学生们一个个都在成长进步,无论是学生自己还是作为老师的我,都很高兴:一份耕耘,一份收获。

同 学

数载同窗短,
情缘岁月长。
思来常聚首,
共享好时光。
(2016年2月27日)

在校学习的时间是短暂的,但同学情是终身的——我这样告诫学生,也重视搭建他们之间的交流互助平台,使我和他们成为真正的"学习共同体"。在我主持下,国家行政学院、中国人民大学哲学院、中国地质大学马克思主义学院三个教育培训机构中由我担任导师的博士研究生,每学期至少组织三次聚会,开展读书交流、学习研讨、调查研究活动。他们都很重视这样的聚会,都从这样的聚会中受益。无论谁有研究成果发表,都会立刻分享,并转发朋友圈。

诗韵校园——国家行政学院校园诗

伴《小苹果》节拍散步

素娥露脸树梢间，
小径幽深窄又弯。
酷暑知秋悻自去，
师徒伴乐踏光斑。
（2014年8月12日）

今天是农历七月十六日，浑圆透亮的月亮高挂蓝天，月光穿过繁茂的树冠照在学院林间小道上，形成无数光斑。我与博士生岳凤兰、胡登良伴着流行不久的《小苹果》乐曲，大步流星地散步，别有情趣。

误 站

全神贯注电登良，
高铁飞驰过镇江。
座上惊腾时已晚，
宁南静等至空场。
（2016年4月6日）

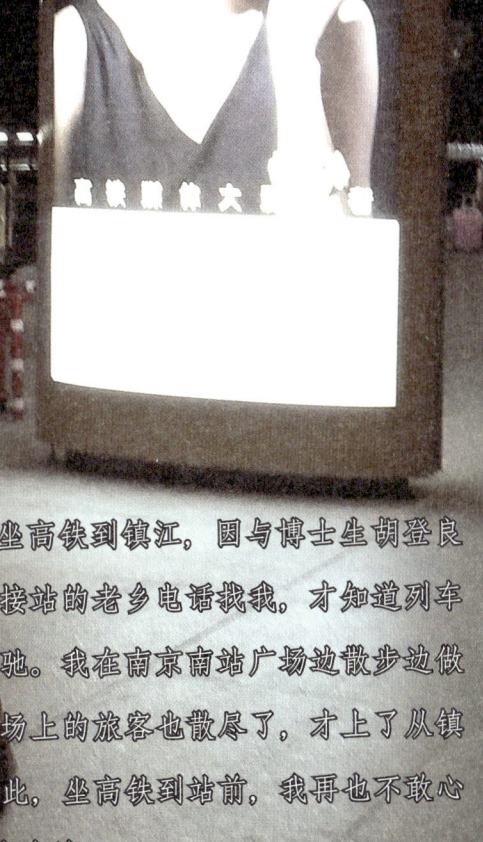

傍晚，我从杭州坐高铁到镇江，因与博士生胡登良通电话谈论文，直到接站的老乡电话找我，才知道列车已过镇江正向南京奔驰。我在南京南站广场边散步边做这首诗，诗成了，广场上的旅客也散尽了，才上了从镇江赶来接我的车。从此，坐高铁到站前，我再也不敢心不在焉。宁南，即南京南站。

调 研

走巷穿街访社区,
倾谈饱览见桑榆。
象牙塔里游书海,
地气常蒸祛腐迂。
(2016年5月5日)

　　下午，我和我门下的国家行政学院、中国人民大学、中国地质大学的博士生到北京市西城区新街口街道进行基层社区文化建设调研。在此挂职的博士生刘晓佳同学做了周到安排，同学们感到深深地接了一回地气。桑榆，夕阳的余辉照在桑榆树梢上，借指落日余光处。

落汤鸡

树隐师徒免烤焦,
骄阳炉火照天烧。
翻云一阵倾盆雨,
几只汤鸡笑弯腰。
(2016年6月10日)

昨天是农历五月初五。公元前278年，秦将白起攻破楚都郢（今湖北江陵），屈原悲愤交加，怀石自沉于汨罗江，以身殉国。这一天正是农历五月初五端午节，于是，端午节便成为纪念屈原的节日。昨天，我作诗一首：万户窗飘粽叶香，谁思汨水断衷肠？离骚抱恨千年久，盛世安平勿忘殇。《离骚》，屈原的代表作，东汉王逸释为："离，别也；骚，愁也。"作品倾诉了屈原对楚国命运和人民生活的关心，"哀民生之多艰，叉奸佞之当道"。

今天是端午节小长假第二天，没有回家的几位博士生来到我家，我们一起写字、午饭小酌。午饭后烈日当空，我们到学院南墙外林荫道上散步，不料一场突如其来的大雨，把我们浇成了落汤鸡。

释 怀

北国寒冬暖气吹,
掀翻重石喜回归。
坚强换得啼声亮,
十月煎熬苦自知。
(2015 年 12 月 12 日)

上午 9:56 接到孙晨光同学从大庆打来的电话，如释负重，因为医生劝她这个孩子最好不要，有可能留有脑疾，她不忍。谁知孩子呱呱坠地后，个大而健康。伟大的母爱创造了一个奇迹！

凤 子

豫赐麟儿一百天,
猴灵虎壮爱抓拳。
陪妈读博京城北,
双喜临门美梦圆。
（2016年7月17日）

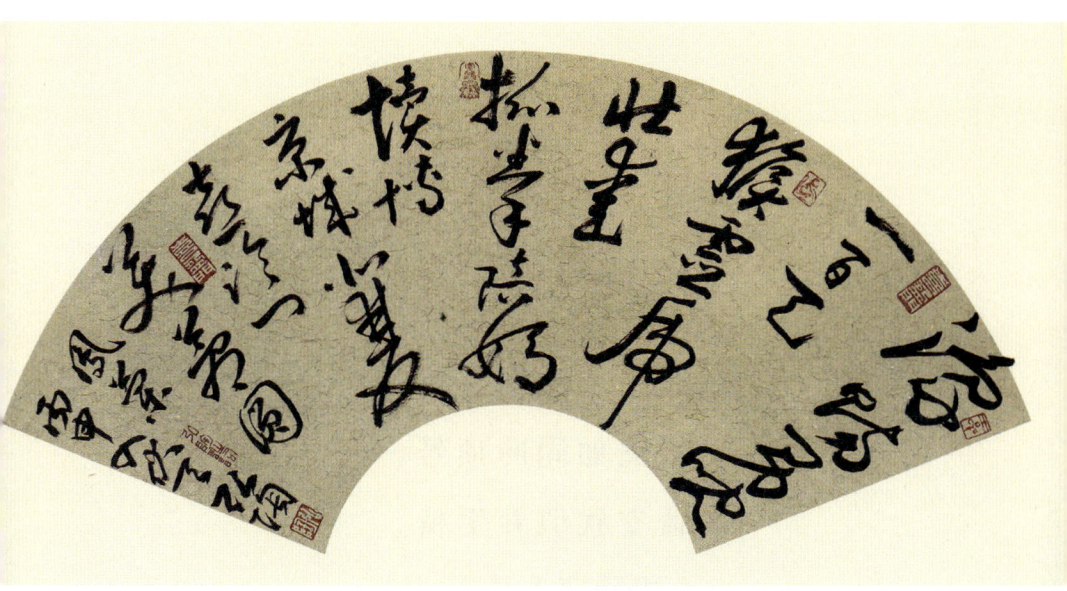

诗贺岳凤兰同学孩子出生一百天。豫,河南简称,孩子父母均为河南人。麟儿,美称,用于对他人孩子的赞美。

动　力

登攀路上遇援兵，
鼓劲加油别有情。
啼哭如同冲顶号，
睡安犹似养生精。

（2016年8月20日）

诗贺刘夏阳同学喜得千金,勉励她视之为攻读博士学位的独特动力。后来的事实就是如此!

金鸡子菡

金鸡幸福诞申时,
花冠嫣红映美姿。
扬首轻啼迎日出,
菡香欲放早春池。
(2017年2月1日)

大年初五凌晨，刚刚通过博士学位论文答辩不久的唐辉生了一女。我以此诗表示祝贺。今年为农历丁酉年，今年出生的孩子属鸡，故称金鸡。菡，孩子名，意荷花。

贺张薇为母

母亲节里降千斤,
喜雨香荷白氏欣。
格格如薇花富贵,
盛开之路罩祥云。
(2017年5月24日)

母亲节那天，张薇同学顺利生下一女，大名雨荷，小名格格。我以此诗表示祝贺。白氏，孩子家姓。如薇，即像妈。写于井冈山赴吉安途中。

贺丁洁升格为母亲

男儿生就不平凡，
体量超群壮似山。
脑大明了天下事，
肩宽可把万斤担。

2017年10月1日,丁洁生下一子,体重8斤7两,这是我多年来不曾听说过的巨婴。

写完一看丁洁来信,暗自笑了,丁洁生的是女儿。

于是调整如下:

> 千金亮相不平凡,
> 身材超群一牡丹。
> 大眼晶莹明事理,
> 腿长秀美小花仙。

贺上达出生

生逢七一吉祥时,
清脆啼声致贺词。
漫漫航程今起步,
同心筑梦稳奔驰。
(2017年7月1日)

今天是党的生日,恰好肖立勋同学今天成为父亲,孩子取名上达。我在安徽行政学院校园散步时赋诗致贺。

旅 途（二首）

候 机

先红后白两杯头，
半碟花生菜拌油。
别问文章何处写，
旅行不必惹烦愁。

惜 时

机舱暗淡聚光投，
字句清晰眼底收。
夺秒争分针爱缝，
辛勤苦读必天酬。

（2016 年 11 月 30 日）

  与学生肖立勋在首都国际机场候机飞成都,我们各自一杯红酒、一碟花生仁,谈天说地,唯独不谈写作。进了机舱,他打开阅读灯便低头读起书来。我拍下这张照片,当即写出此诗,作为题照。诗中隐含一个故事:

  数年前,我接待过一家三口。席间,妈妈问:"今天作业什么时候做?"孩子白了妈妈一眼,没好气地说:"来北京玩的,别说不高兴的事。"

好 学

高天寒彻别京城,
腹满箱丰热血盈。
讲道平添优胜券,
师寻翘楚自真情。
(2016年11月14日)

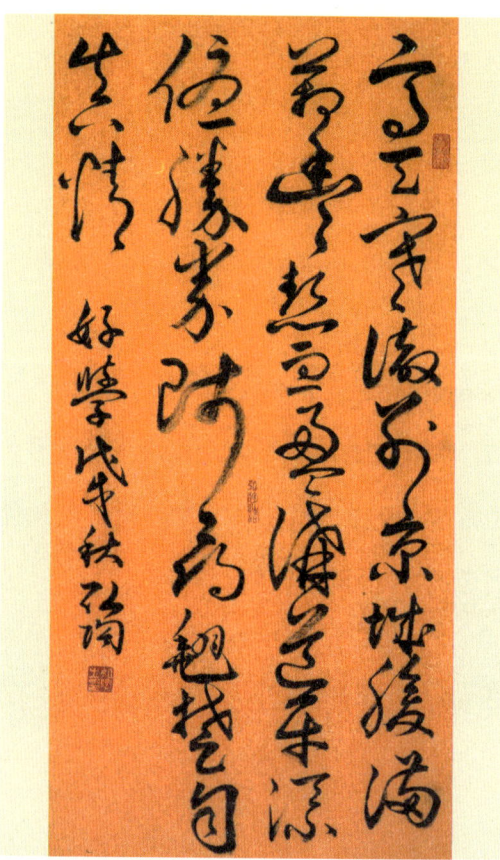

送师资班学员离校而作。每年我都要为院内院外许多师资班上课,有思想政治课,更多的是关于如何讲好课的业务课。课余与他们交谈,他们深感来师资班学习收获很大,增添了今后讲好课的本钱与底气,此即所谓"讲道平添优胜券";他们对讲课老师们的尊敬是发自内心的,此即所谓"师寻翘楚自真情"。我感到,比起其他班次的学员来,师资班学员对每一课显得更为珍惜、更加专注。

感 恩

滴水之恩报涌泉，
如泉大德得天年。
羊知跪乳鸦还哺，
当以求鲤献善贤。

（2016年11月24日）

感恩节，特作此诗回复学生、老师和朋友们的问候。"卧冰求鲤"是古老的民间传说，讲述晋人王祥冬天为继母在冰上捕鱼的事情，被后世奉为奉行孝道、知恩图报的经典故事。

走 出

清晨日出彩霞红,
普照凡尘注暖融。
走出心霾回绕处,
目光所及尽晴空。
(2017年5月26日)

小刘同学因父亲突然病逝,久久走不出悲痛。我以此诗安慰开导。

为登良点赞

高桥欺诈欲行凶,
路见前冲似剑龙。
险恶明知全不顾,
爱民警察倍从容。

(2017年6月3日)

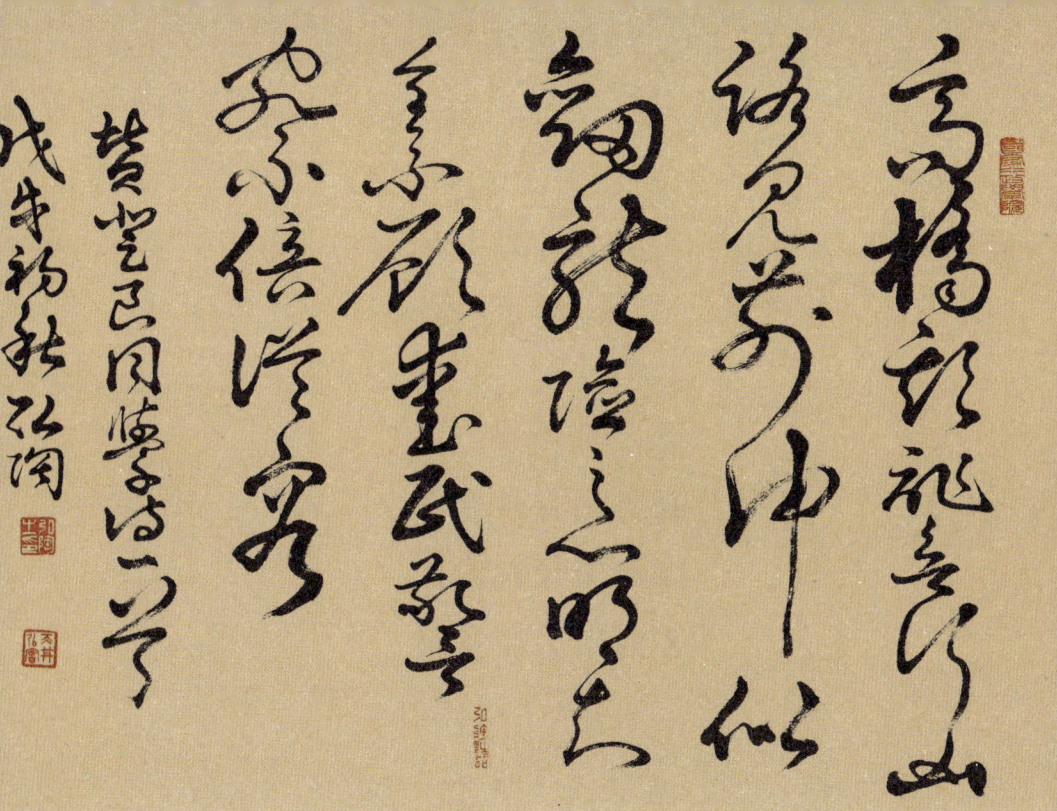

刚刚毕业、就职于中国公安大学的胡登良同学到深圳基层派出所挂职锻炼。有一次晚上独自一人路过一座桥，遇到五六个不良之徒以玩牌为手段，使一青年上当，勒逼青年拿钱不成，正要动手。登良见状，大喊一声："我是警察！"声震夜空。等这伙人回过神来，眼前警察不过一介书生时，青年已经安全远走，他自己则挨了数拳。登良此举，大义凛然，让我兴奋不已——学生没有白带！遂赋诗点赞。

用好机遇

驻学京城整一年,
狂听名课汲甘泉。
湖园馆顶圆睁眼,
喜看新人膜拜贤。
(2017年7月11日)

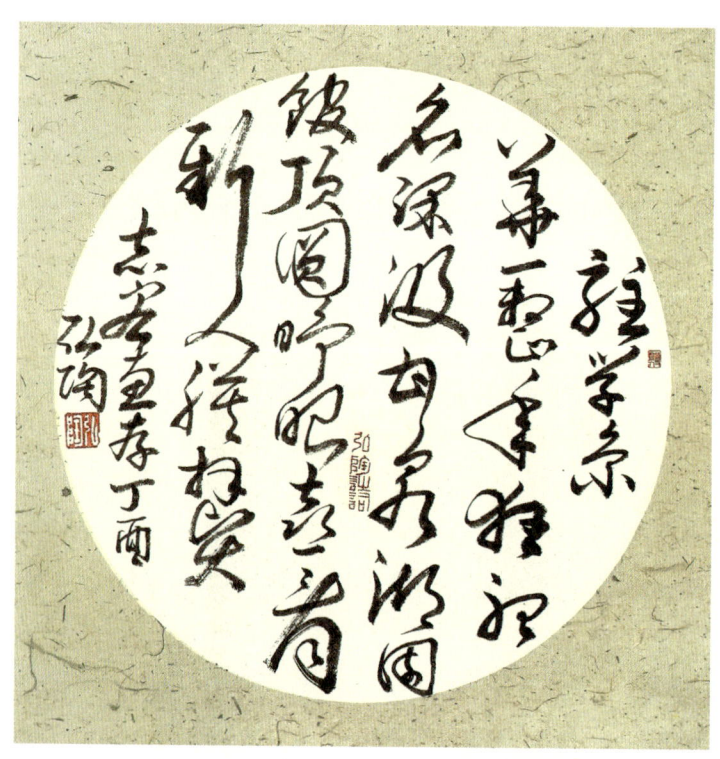

2016级博士生赵志宏利用在国家行政学院一年脱产学习机遇,把精力主要放在听名师讲课上,大开眼界。湖,指未名湖。园,即清华园。馆,中国人民大学世纪馆。顶,国家行政学院主楼红色"公"字形塔顶。

读晓佳诗感慨而和之

凡事成功苦作舟，
初心抱定不回头。
纵然路障顽如虎，
笑对从容且莫愁。

（2018年4月10日）

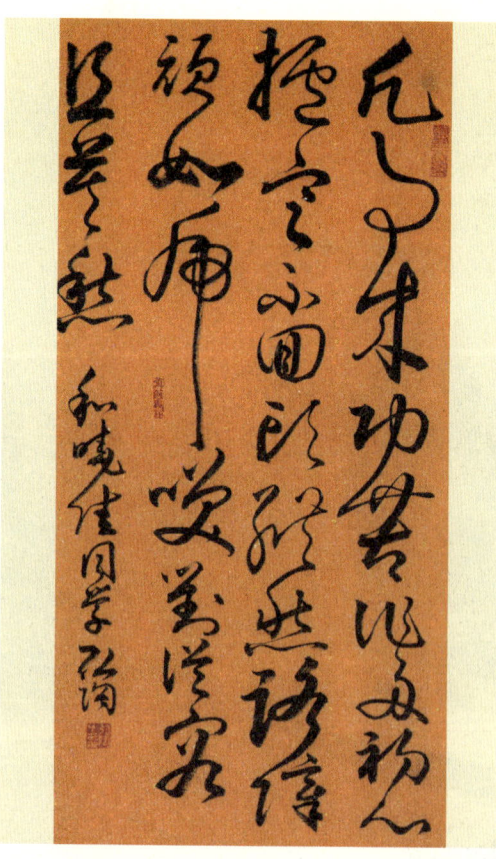

2018年4月3日，我写了一首题为《等闲客栈》的绝句：凭窗赏水看行舟，顺手摇牵绿树头。满桌芳香当地菜，一壶泡酒品乡愁。我邀博士生刘晓佳步韵和诗。她很快和诗：苍茫学海苦行舟，绵亘书山越尽头。非为黄金只为理，寒窗独对不言愁。我的诗本为叙事，她则轻松步韵和成励志诗，立意深邃，诗情才情洋溢，让我拍案叫绝，遂欲和之，今晨起床于江西省委党校（江西行政学院）1521室得句。她动笔学诗不足一月，出手却如此不凡，让我的期待油然提升。

后 记

这本诗集的出版，我要感谢以下同志和朋友的帮助。

首先是海南热带海洋学院的黄荣生老师，我的每一首诗成形之后，首先发给他。诗的平仄、顺畅、意境等问题，他都直截了当地予以点评，好就点赞，不妥不美之处也直截了当地指出。

其次是姚引妮小友。她是一位青年，但作画写诗成了她业余时间的特别爱好，已出版诗画集《拾英集》，署名宁醍，诗作反映出她感情细腻，词汇丰富。我请她从头到尾帮我看了一遍，获益良多。

书中有些校园照片我拍不好，就请同事王钧峰先生帮忙，比如飞鸟、蝴蝶等。他提供的相关照片，让本书如愿以偿。

我的第一本诗集《周文彰诗词选》，版面非常新颖，不光有诗文，而且还有诗文所描绘对象的照片、文字说明，以及这首诗的书法作品，采用全彩色印刷，起到了吸引读者、方便读者的作用，深得好评。本诗集便全盘效仿，但这对版面设计要求高。让我意外的是，海南的潘正培先生吃透我的要求后，版面设计一步到位，而且一页一式，几乎不用什么修改或调整，让我这么省心的设计者，我还是第一次碰到。

潘正培先生提供了数个封面设计，我分别发在微信家庭群和学生群里征求意见。没想到我四岁半的小孙女苣苣发来语音说："爷爷，我喜欢妈妈给你发的那个雪的，有几个字，那个可以当书吗？"她的话让我毫不犹豫决定采用她所喜欢的现在这个封面。

原国家行政学院出版社领导张仲宇、胡敏同志热情支持本诗集的出版。责任编辑沈桂晴女士一丝不苟地进行了编辑工作。在此一并表示感谢！

周文彰

2018 年 10 月 30 日

山西运城金鑫大酒店 531 房间

图书在版编目（CIP）数据

诗韵校园:国家行政学院校园诗/周文彰著.—北京:国家行政学院出版社,2018.11
ISBN 978-7-5150-2261-1

Ⅰ.①诗… Ⅱ.①周… Ⅲ.①诗集－中国－当代 Ⅳ.① I227

中国版本图书馆 CIP 数据核字 (2018) 第 247578 号

书　　名	诗韵校园——国家行政学院校园诗
	SHIYUN XIAOYUAN——GUOJIA XINGZHENG XUEYUAN XIAOYUAN SHI
作　　者	周文彰
责任编辑	沈桂晴
装帧设计	潘正培
出版发行	国家行政学院出版社
	（北京市海淀区长春桥路 6 号 100089）
	（010）68920640　68929037
	http://www.nsapress.com.cn
编辑部	（010）68922648
经　　销	新华书店
排　　版	海南尚尚文化传媒有限公司
印　　刷	北京金特印刷有限责任公司
版　　次	2018 年 11 月北京第 1 版
印　　次	2018 年 11 月北京第 1 次印刷
开　　本	150 毫米 ×228 毫米　16 开
印　　张	18
字　　数	142 千字
书　　号	ISBN 978-7-5150-2261-1
定　　价	73.00 元

本书如有印装质量问题，可随时调换。联系电话：（010）68929022